Aus Freude am Lesen

btb

Buch

Ein beschauliches Städtchen in Böhmen, in dem man vor Langeweile eingehen würde, gäbe es nicht ein paar Exzentriker, die für Gesprächsstoff sorgen. Einer davon ist Swoboda, der Dorftrottel, der seit einem Vierteljahrhundert im Bahnhof herumlungert und darauf wartet, daß einer der wenigen Reisenden, die sich hierher verirren, ihn damit beauftragt, die Koffer zu tragen. Aber eines schneereichen Tages im März 1939 fallen die deutschen Truppen ein, und der Gepäckträger wird aus heiterem Himmel beschuldigt, ein Attentat gegen Hitler geplant zu haben.
János Székelys brillante, visionäre Parabel um den slowakischen Dienstmann Swoboda erschien als Roman bereits 1943 in New York und feierte 1944 als Theaterstück am Broadway Triumphe.

Autor

János Székely, geboren 1901 in Budapest, kam auf der Flucht vor dem Horthy-Regime als Achtzehnjähriger nach Berlin. Er verfaßte zahlreiche Drehbücher für Stummfilmstars wie Brigitte Helm, Willy Fritsch, Marlene Dietrich, Emil Jannings. 1934 lädt Ernst Lubitsch ihn zur Arbeit nach Hollywood ein; 1938 wandert Székely endgültig aus. Während der McCarthy-Ära wiederum verfolgt, verbrachte er mit seiner Frau und seiner Tochter einige Jahre in Mexiko, bevor er, bereits schwer erkrankt, 1957 einem Angebot der DEFA nach Berlin folgte. Er starb dort 1958.
Székelys großer autobiographisch inspirierter Roman »Verlockung« wurde 2005 wiederveröffentlicht und avancierte sofort zum Bestseller.

János Székely bei btb:

Verlockung. Roman (73510)

János Székely

Der arme Swoboda

Roman

Aus dem Englischen
von Leon Scholsky

btb

Die Erstausgabe erschien 1943 unter dem Titel »You can't do that to Swoboda« bei The Dial Press, New York. János Székely veröffentlichte den Roman unter dem Pseudonym John Pen. Das ungarische Originalmanuskript ist bisher unveröffentlicht.

FSC
Mix
Produktgruppe aus vorbildlich bewirtschafteten Wäldern und anderen kontrollierten Herkünften

Zert.-Nr. GFA-COC-1223
www.fsc.org
© 1996 Forest Stewardship Council

Verlagsgruppe Random House FSC-DEU-100
Das für dieses Buch verwendete FSC-zertifizierte Papier *Munken Print* liefert Arctic Paper Munkedals AB, Schweden.

1. Auflage
Genehmigte Taschenbuchausgabe Mai 2008,
btb Verlag in der Verlagsgruppe Random House GmbH, München

Umschlaggestaltung: Design Team München
Umschlagfoto: Horst Mink
Druck und Einband: CPI – Clausen & Bosse, Leck
SL · Herstellung: BB
Printed in Germany
ISBN 978-3-442-73700-0

www.btb-verlag.de

Für E. S.
und jene windige Nacht vom 13. März 1936

Swoboda bedeutet auf tschechisch Freiheit. Bei der über Jahrhunderte unterdrückten Bevölkerung Böhmens und Mährens ist dieser Name ebenso geläufig wie in Deutschland die Namen Müller und Schmidt.

1. Kapitel
Ein glücklicher Mensch

Swoboda war der Gepäckträger der Stadt. Wenn es stimmt, daß Angebot und Nachfrage einander bedingen, dann mußte sein Auskommen allerdings als ökonomische Anomalie bezeichnet werden. Nur zwei Züge täglich hielten in der kleinen Stadt, zwei rauchende, rußige, klepprige, im Schneckentempo keuchende Lokalzüge, und sie wurden hauptsächlich von Pendlern benützt, die mit dem Sechs-Uhr-vierzig zur Arbeit in die nächstgelegene Kreisstadt fuhren und mit dem Neunzehn-Uhr-zehn zurückkehrten, ohne Gepäck, versteht sich. Andere Passagiere gab's kaum. Höchstens hin und wieder ein älteres Ehepaar, das zu seinen Kindern in die Stadt fuhr, oder junge Leute, die ihre Eltern besuchen kamen. Lauter Verlustgeschäfte für den Dienstmann: denn die meisten hatten bloß eine Papiertüte mit Geschenken dabei. Touristen und heimliche Liebespaare konnte man ebenfalls vergessen. Die Touristen trugen Rucksäcke, während die Wochenend-Liebespaare für zwei Pyjamas und einen Rasierapparat kaum einen Gepäckträger brauchten. Swobodas einzige potentielle Kunden waren griesgrämige, in dynamischeren Märkten erfolglose Handelsreisende, die, volle Musterkoffer schleppend, ihr Glück in der Provinz versuchten.

Dennoch war Swoboda schon seit fast einem Vierteljahrhundert Dienstmann, ein Phänomen, das sich nur durch seine beispiellose Einfältigkeit erklären ließ. Swoboda gehörte zu den Sehenswürdigkeiten der Stadt. Ja, man führte ihn sogar mit fast väterlichem Stolz den staunenden Gästen vor. Zugegeben, er war auch ein seltenes Exemplar: ein Hüne, an die zwei Meter groß, muskulös und massig wie ein Ochse, mit babyblauen Kinderaugen, die treuherzig aus den tiefen Augenhöhlen guckten wie ein fröhliches Sperlingspärchen, das sein Nest hoch oben in eine gefährliche Klippe gebaut hat. Die stark hervorstehenden Wangenknochen fielen im rechten Winkel steil bis zum klobigen Kinn ab; darüber wucherte ein dichter, zausiger, brandroter Haarschopf. Swoboda hätte seine verfilzten Locken niemals einem Haarschneider anvertraut. Er stutzte sie selbst alle drei Monate mit der großen Schere des Bahnhofsvorstehers.

Eigentlich hieß er gar nicht Swoboda. Man hatte ihn mal zum Spaß so genannt, als vor vielen Jahren in der Gegend ein Mörder namens Swoboda gesucht wurde. Der Name war an ihm haften geblieben, was als zusätzlicher Beweis seiner Beschränktheit gedeutet wurde.

Er war in der tiefsten Slowakei geboren worden, wo sich die Bauern jahraus, jahrein von Kartoffeln ernähren und Tuberkulose und Kropf üppig gedeihen wie winterharte Pflanzen in fetter Ackerkrume. Er war in einem Runkelfeld gezeugt worden und hatte seinen Vater nie gesehen, auch wenn seine Mutter immer beteuerte, er würde sie bestimmt eines Tages besuchen kommen. Er war kein schlechter Mann, seufzte sie dann, aber er war Flußschiffer, und die Strömung hatte seine Zille weit-weit in die Ferne getrieben. Swoboda liebte seine Mutter über alles – »meine Mamiiinka«, wie er sie in seiner breiten Mundart nannte. Er redete ständig von »Mamiiinka« – und hatte ein ganzes Repertoire von wirren Geschichten über sie auf Lager. Zwar wurde niemand klug daraus, aber sie waren bestimmt herzergreifend, die Geschichten, denn er fügte jeweils schniefend hinzu: »Arme Mamiiinka, ohne die Zugluft tät sie heut noch leben.«

Seine Angst vor Zugluft machte ihn zur Zielscheibe ständigen Spotts. Wenn der Bahnhofsvorsteher nicht da war, ließen die trödelnden Angestellten Türen und Fenster sperrangelweit offenstehen und riefen nach Swoboda, nur um ihn Hals über Kopf davonrennen zu sehen.

Swoboda war vierzehn, als »Mamiiinka« starb. Das war 1905 gewesen. Glückliche Zeiten, wie die

Geschichtsschreiber der Habsburgermonarchie behaupten. Die einfache Bevölkerung hingegen muß wohl Scheuklappen getragen haben, denn sie vermochte weit und breit nicht zu erkennen, wie glücklich sie war. Ein Jahr nach »Mamiiinkas« Tod wäre das Waisenkind in jenen himmlischen Zeiten des Friedens und des Wohlstands beinahe verhungert. Holzfäller fanden den Jungen im Wald, blutig geprügelt von einem zornigen Gutsbesitzer, der ihn beim Aprikosenstehlen erwischt hatte. Danach nahm ein gütiger Bauer den Knaben bei sich auf und ließ ihn zehn Stunden am Tag arbeiten für einen Kanten Brot und das Privileg, neben den Kühen im Stall zu schlafen.

Als Swoboda das Wehrdienstalter erreichte hatte, bekundete der Staat zum ersten Mal Interesse an ihm, schenkte ihm ein Gewehr und sorgte für sein leibliches Wohl in der Hoffnung, eine nützliche Begabung zu fördern, die, sollten die Zeiten es erfordern, aus ihm einen Mörder machen würde. Die Investition zahlte sich aus. Zwei Jahre später brach der Krieg aus, und es herrschte große Nachfrage an Knallköpfen. Swoboda erwarb sich einen ganzen Strauß an Auszeichnungen; 1915 traf ihn jedoch eine Kartätsche. Er wurde mit achtzehn Splittern im Körper in die Heimat zurückverfrachtet. Als die meisten entfernt waren und die Wunden mehr oder weniger verheilt, schickte man ihn in ein Soldatenheim in der kleinen Stadt.

Zum ersten Mal in seinem Leben unbeschäftigt, langweilte sich Swoboda zu Tode. Er trieb sich immer öfter im Bahnhof herum, weil er von den Eisenbahnen fasziniert war, seit man ihn damals damit in den Krieg geschickt hatte. Als er nun eines Tages auf dem Bahnsteig hockte, bat ihn ein neu ankommender Rekonvaleszent, ihm doch bitte sein Gepäck zu tragen. Was Swoboda bereitwillig tat und für seine Mühe eine Krone bekam. Am nächsten Tag bot er also seine Dienste weiteren Neuankömmlingen an. Von da an war Swoboda der Gepäckträger des Städtchens.

Die Jahre vergingen. Das Gemetzel wurde vorübergehend eingestellt. Das Soldatenheim wurde aufgegeben, und die Stadt hatte keine ersichtliche Verwendung für einen Dienstmann. Swoboda blieb trotzdem am Bahnhof. Warum? Weil er nun einmal da war, ganz einfach. Hätte der Zug ihn woanders abgesetzt, wäre er eben woanders geblieben.

Hier war er, und hier blieb er. Und weil ein Mann essen muß, verdiente er sich seinen Lebensunterhalt recht und schlecht mit Gelegenheitsarbeiten. Seine Unbedarftheit kam ihm dabei sehr zustatten. Ein Mann mit auch nur einer Unze Verstand hätte seine Kräfte dazu verwandt, Geld für die Miete zu beschaffen, zum Beispiel. Swoboda legte keinen Wert auf eine Wohnung, also hatte er auch keine Probleme mit der Miete. Als dann das Soldatenheim endgültig die Tore schloß, schulterte Swoboda seinen Koffer, der seine ganze Habe enthielt, brachte ihn zum Bahnhof, gab ihn bei der Gepäckaufbewahrung ab und richtete sich im Wartesaal häuslich ein. Jeden Abend, wenn der Neunzehn-Uhr-zehn durch war und die Bahnhofslampen auf Nachtbeleuchtung geschaltet wurden, streute Swoboda frisches Heu auf den Fußboden und legte sich zum Schlafen nieder. Er schlief so tief, daß der Nachtexpreß nach Prag ihn in den ganzen zwanzig Jahren kein einziges Mal geweckt hatte. Und wenn morgens die Sechs-Uhr-vierzig-Pendler erschienen, hatte er sein Lager bereits weggeräumt. Freilich benützten die Passagiere den Wartesaal nur notgedrungen, bei besonders schlimmem Wetter vielleicht, denn Swobodas ganz besonderer Duft verzog sich nicht einmal im Sommer vollständig, auch wenn die Tür den ganzen Tag offenstand.

Um Schneiderrechnungen brauchte Swoboda sich ebenfalls keine Sorgen zu machen. Die Anzüge, die er zum ersten Mal trug, waren gewöhnlich bereits zehn oder fünfzehn Jahre früher bezahlt worden. Er bekam sie nicht etwa unentgeltlich. O nein! Dies nun doch nicht! So verschwenderisch war niemand in der Stadt. Swoboda arbeitete hart für seine Garderobe. Wenn ein großer Hausputz bevorstand, schickte man das Hausmädchen nach ihm. Mit der Zeit brachte er es im Teppichpracken zur Meisterschaft und auch im Fußbodenschrubben und im Insektenvertilgen; er hatte sogar gelernt, von sich aus die Vorhänge herunterzunehmen. Er spaltete das Anbrennholz in schön regelmäßige Scheite und nahm überhaupt dem Hausmädchen alle schweren Arbeiten ab.

Sein Lohn bestand aus den Mahlzeiten, aus alten Schuhen, fadenscheinigen Hemden, verwaschenen Unterhosen ... Manchmal sogar aus einem abgewetzten Anzug oder einem verschabten Überzieher. Die kostbare Garderobe mußte natürlich hart erarbeitet werden, denn es gab kein Kleidungsstück, egal wie alt und schäbig es war, das für die knickrigen Bürger nicht mehr wert gewesen wäre als ein Tagelohn für Swobodas Hilfe. Waren keine alten Kleider da, drückte ihm der Hausherr ein paar Heller in die Hand, die Swoboda mit einem herzlichen »Dankschön« quittierte. Er umklammerte die Münzen, als hänge sein Seelenheil davon ab, hätte es aber für unter seiner Würde gehalten, das Geld in Anwesenheit seines Kunden zu zählen. Auch die Bahnangestellten trugen ihm Besorgungen auf, und Anfang des Monats, solange ihr Gehalt es noch zuließ, gaben sie ihm ein kleines Trinkgeld. Swoboda stand jedermann zu Diensten und bedankte sich für die kleinste Belohnung mit einem breiten, freundlichen Grinsen.

Die Leute behandelten ihn wie ein großes, gutmütiges Trampeltier, und Swoboda schien das nicht weiter zu kümmern. Er war immer fröhlicher Laune und mit sich und dem Lauf der Welt vollauf zufrieden. Intelligenz, läßt sich immer wieder feststellen, ist eine weit überschätzte Eigenschaft. Zu einer Zeit, da intelligente Menschen zu Tausenden keinen anderen Ausweg aus ihrer finanziellen Misere sahen als in Gift, Stadtgas oder Pistole, ging es dem einfältigen Swoboda prächtig. Besaß er nicht etwa alles, was ein Mensch sich nur wünschen kann?

Ja er hatte sogar ein Liebscherl, unser Swoboda! Und nicht etwa ein leichtsinniges slowenisches Luder, wie mancher vermutet hätte. So ungewöhnlich es klingen mag: Die Dame seines Herzens verfügte über ein selbständiges Einkommen und besaß ein eigenes Haus. Das Haus, no-jo, war eine baufällige Kaluppe neben dem städtischen Müllablageplatz. Doch ein Haus ist ein Haus, und dieses gehörte ihr ganz allein! Sie hatte es von ihrem verstorbenen Mann geerbt. Einst hatten ein Hof und etliche Hektar Land dazugehört, aber der Mann war ein Säufer, und so waren Hof und Hektar den Weg alles Alkoholischen gegangen. Er war an Delirium tremens gestorben und hatte seiner Frau nur noch die heruntergekommene Pawlatsche zurückgelassen.

Wie oft hatte seine brave Frau ihm gepredigt, wenn er sturzbetrunken nach Hause kam, es würde gerade noch soviel übrigbleiben, um auf der Müllhalde zu verhungern. Der Müll hatte offensichtlich ihre verbitterten Worte als Herausforderung verstanden und daher, der landläufigen Meinung zum Trotz, bewiesen, daß man auf einer Müllhalde sowohl verhungern als auch anständig von ihr leben kann. Alle zwei, drei Monate kamen ein paar Männer aus der Stadt zum Müllabladeplatz hinausgefahren, um Lumpen, Glas, Metall, Holz und Kautschuk aus dem sich türmenden Abfall zu sammeln. All dieser Zinnober, hatte die Wittib von ihnen erfahren, ließ sich an die Altwarenhändler in der Kreisstadt verkaufen. Als nun ihr Mann sie mittellos zurückließ, beschloß sie, die Goldgrube vor ihrem Haus selbst auszubeuten. Bei ihrem nächsten Besuch fanden die Aasgeier nichts Brauchbares im Müll, denn alles Verkäufliche lag säuberlich aussortiert und gestapelt zum Abtransport im Hof der Wittib bereit. Zuerst gab's ein Riesengezeter, doch schließlich mußten die Männer einsehen, daß sie auf den Schrott nicht mehr Anspruch hatten als die Frau, und man einigte sich gütlich.

Die Wittib lebte also vom Müll. Wie eine große aufgeplusterte Henne stocherte sie den ganzen Tag in den Abfällen herum. Doch wenn es Abend wurde, wartete sie gewaschen und geschrubbt und nach Talgseife duftend auf ihren Swoboda, um ihn mit einem schmackhaften Abendessen zu empfangen. Sie war eine große, dunkelhaarige Frau in den Vierzigern, und sie vergötterte Swoboda. Schwer zu sagen, ob sie Swoboda seinetwegen oder nur seines männlichen Drums-und-Drans wegen liebte. Jedenfalls war sie ganz närrisch nach dem rothaarigen Koloß. Die Leute in der Stadt behaupteten, sie spioniere hinter ihm her und mache ihm schreckliche Szenen, wenn sie ihn mit einer anderen Frau sah. Klar, daß Swoboda deswegen ständig aufgezogen wurde.

»Warum heiratest das alte Mädchen nicht?« fragten ihn die Leute. »Hättest zumindest ein Dach überm Kopf.«

»Habt schon recht«, nickte Swoboda stolz, und das war's.

Aus gutem Grund wollte er nicht heiraten. Er verheimlichte nämlich der Wittib seinen Sparbatzen. Tatsächlich, Swoboda hatte Geld auf der Bank. Dreihundertundachtzehn Sokol auf einem Sparbuch bei der Öffentlichen Sparkasse. Seine wohlmeinenden Freunde versuchten, ihn davon zu überzeugen, daß seine Frau ohne seine Einwilligung keinen Heller abheben konnte. Vergeblich. Er berief sich auf den traurigen Fall eines Ingenieurs, der an der Eisenbahnstrecke gearbeitet, vierhundertzwanzig Sokol gespart hatte, ja, und dann sei seine Frau krank geworden, und das Geld war dahin.

»Fürs Liebscherl bezahlst nix; fürs Weib bezahlst. So steht's im Gesetz.« Seine Haltung war nicht eben nobel, so viel ist sicher. Aber Swoboda hatte fünfundzwanzig Jahre gebraucht, um sich seine dreihundertundachtzehn Sokol vom Mund abzusparen. Es gibt Männer, die Regale mit Bücher füllen, andere wiederum bauen ihr Lebenswerk aus großen Firmen; Swobodas Lebenswerk belief sich auf dreihundertundachtzehn Sokol. Alle Welt bewundert Tolstoi, dem sein Lebenswerk ebenfalls wichtiger war als das häusliche Glück. Warum also Swoboda einen Vorwurf daraus machen?

Swoboda liebte sein altes Mädchen, gewiß, wenn auch auf seine Art. Vielleicht mochte es ihm an Grips fehlen, aber er hatte ohne Frage ein großes Herz. Wenn er nachts im verdunkelten Bahnhof auf seiner Flöte spielte, trieben ihm die schlichten Melodien, die er von seiner »Mamiiinka« gelernt hatte, die Tränen in die Augen. Swoboda besaß eine natürliche musikalische Begabung. Wenn er eine Melodie einmal gehört hatte, spielte er sie auf seiner rohen handgeschnitzten Flöte fehlerlos nach, deren sanfte Töne ebenso zu den Sommerabenden gehörten wie das Zirpen der Grillen. Es waren immer die gleichen wehmütigen slawischen Volksmelodien, seufzend und hoffnungslos wie das Elend. Stundenlang konnte er so in der sternenklaren Nacht vor sich hin flöten.

Fast ein Vierteljahrhundert lang war dies Swobodas Leben gewesen; und so wäre es geblieben bis zu seinem letzten Tag, wäre er nicht unversehens zum politischen Attentäter befördert worden.

2. *Kapitel*
Die kleine Stadt

Im Frühjahr 1939, als die deutsche Armee die Tschechoslowakei »eroberte«, ohne auch nur einen Schuß abzugeben, meldeten die Zeitungen einen geplanten Anschlag auf Hitler. Die angebliche Verschwörung sei von einer kleinen Stadt in Böhmen ausgegangen. Als der Führer am fünfzehnten März seine denkwürdige Reise nach Prag antrat, sei eine Brücke in der Umgebung der Stadt vermint worden in der offenkundigen Absicht, den Sonderzug des Diktators in die Luft zu sprengen. So jedenfalls die amtliche Agenturmeldung.

Die fragliche Stadt hätte vollumfänglich in einem New Yorker Wolkenkratzer Platz gefunden. Sie zählte vier-, höchstens fünftausend Einwohner – die meisten davon ältere Leute – und lag etwa zwanzig Kilometer von einem wichtigen Industriezentrum Böhmens entfernt, Sitz der ältesten und berühmtesten Porzellanmanufakturen. Der Gründer dieser Porzellanmanufakturen war es gewesen, der sich vor ungefähr hundertachtzig Jahren in der hügeligen Gegend ein Haus hatte bauen lassen. Es hieß, er sei ein exzentrischer alter Herr gewesen, der sich mit sechzig von seinen Geschäften zurückgezogen und die Fabrik seinem Sohn übergeben hatte, um samt seiner Verdrießlichkeit aufs Land zu ziehen. Schon bald folgten andere, ebenfalls in die Jahre gekommene Porzellanfabrikanten seinem Beispiel und investierten ihre Ersparnisse in kleine Landhäuser auf den sanften Hügeln zwischen den duftenden Tannen und weißsilbernen Birken.

Im Lauf der Zeit setzten sich zahlreiche Angestellte der Porzellanmanufakturen ganz selbstverständlich in der neu entstandenen Stadt zur Ruhe, weil dort das Leben nicht nur billiger, sondern auch gesünder war als in der rußigen Kreisstadt. Schließlich folgten pensionierte Beamte, Rentner, ältere Ehepaare, alles Leute mit bescheidenen Ansprüchen, die sich ihr Leben lang abgerackert und gespart hatten, um ihre alten Tage in ländlichem Frieden zu beschließen.

Einhundertachtzig Jahre! Eine lange Zeit. Vieles veränderte sich auf der Welt. Nationen vereinigten und trennten sich wieder. Die Porzellanmanufakturen gingen in andere Hände über. Der Mittelstand jedoch verfolgte ungerührt seinen Traum, der darin bestand, den Lebensabend in der hügeligen Landschaft zu verbringen.

Bevor man sich in dem Städtchen niederließ, übergab man Geschäft oder Handwerksbetrieb den Söhnen; die Töchter, sofern man welche hatte, waren längst verheiratet. Die alten Herren trippelten noch ein paar Jährchen über die Kopfsteinpflaster der gewundenen Gäßchen, bis sie eines Tages unauffällig von ihrem Landhäuschen zum Friedhof auf dem Hügel umsiedelten, als seien sie das Nichtstun müde.

Einhundertachtzig Jahre lang war es der friedlichste Ort auf Erden gewesen. Lediglich an den Sonntagen verirrten sich ab und zu Wanderer oder Ausflügler in die Stadt und brachten ein bißchen Leben in die Gassen. Die meisten Einwohner allerdings begegneten diesen »Fremden« mit Mißtrauen und blieben lieber zu Hause. In der Hauptstraße des Städtchens, wo die wohlhabenderen und notableren Bürger wohnten, befanden sich auch die vornehmen Geschäfte und die entzückende Konditorei *Biedermeier*, wo die beherzteren alten Damen ihren mit einer dicken Schlaghaube gekrönten Nachmittagskaffee ausgiebig genossen.

Um den Masarykplatz in der Stadtmitte scharten sich das Rathaus, die Kirche, die Gendarmeriewache, das Postamt und der einzige Gasthof, ein erst vor sechzig Jahren gebautes zweistöckiges Gebäude, das modernste der Stadt also. Aus unerfindlichen Gründen hatte der erste Besitzer den Gasthof *Zum Auge Gottes* genannt, denn Gäste sah man nur wenige. Der einzige Dauergast war ein einarmiger Oberst a. D. Alle anderen Zimmer waren von Montag bis Freitag unbelegt. An den Wochenenden stiegen auch mal Ausflügler ab oder heimliche Liebespaare.

Die hingegen sehr gut besuchte Gaststube im Erdgeschoß war der Treffpunkt der »besseren Kreise«, das Kaffeehaus sozusagen, und damit die Haupteinnahmequelle. Hier tranken die distinguierten alten Herren ihren Nachmittagskaffee mit einem doppelten Schlag, begleitet von einem Stück auf der Zunge zergehenden böhmischen Kuchen, dem köstlichsten auf der ganzen Welt.

An milden Sommerabenden kamen die beherzteren alten Damen ihre Ehemänner abholen, und die Paare spazierten vor dem Abendessen Arm in Arm vom Masarykplatz die Hauptstraße hinauf und wieder hinunter.

Im Winter oder bei schlechtem Wetter mußte allerdings auf solche Vergnügungen verzichtet werden. Also besuchte man sich gegenseitig. Die Damen plauderten über ihren Näharbeiten, während die alten Herren Karten spielten oder ernst über den Lauf der Welt berieten und dabei ihre Pfeife schmauchten – vorausgesetzt, der Arzt hatte ihnen das Rauchen nicht verboten. Selbst dies galt schon als Ausschweifung. Meistens jedoch verbrachten die alten Herrschaften die langen Winterabende trübselig, ihre schmerzenden Gelenke salbend, zwischen ihren vier Wänden. Hin und wieder starb jemand, normalerweise an Altersschwäche. Doch selbst die Urältesten konnten sich nicht zurückerinnern, daß in der Stadt jemals etwas Aufregendes passiert sei.

Einhundertachtzig Jahre lang war es die friedlichste kleine Stadt, die man sich nur vorstellen konnte. Im März 1939 jedoch schlug die Ruhe in einen ebenso plötzlichen wie verheerenden Sturm um.

3. Kapitel
Der fünfzehnte März

Am vierzehnten März herrschte unsägliches Wetter. Der Frühling ließ ungewöhnlich lange auf sich warten. Üblicherweise sonnte man sich zu dieser Jahreszeit auf der Terrasse; dieses Jahr jedoch wollte der Winter nicht weichen. Die halbe Stadt lag erkältet im Bett, eingehüllt in den aromatischen Duft von Kräutertee, den man von morgens bis abends schlürfte. Es hatte fünf Tage lang ununterbrochen geschneit, und turmhohe Verwehungen deckten die Felder zu. In der Nacht des Vierzehnten tobte ein böiger Sturmwind von den Hügeln. Am Morgen waren viele Ladenschilder weggerissen, und in den umliegenden Wäldern lagen Dutzende von entwurzelten Bäumen herum.

Niemand erschien an jenem Tag im Kaffeehaus. Selbst der einarmige Oberst a. D. war nicht heruntergekommen, es hatte nämlich auch ihn erwischt, und der Arzt hatte ihm befohlen, das Bett zu hüten. Auch sonst verspürte niemand Lust, bei diesem Weltuntergangswetter die Nase aus dem Haus zu strecken. Sogar der Morgenzug fiel aus. Entweder war er unterwegs eingeschneit, oder er war gestrichen worden, sagten sich die Leute. Wegen des Schneesturms waren die Telephonleitungen unterbrochen, Zeitungen trafen keine ein, und das Radio blieb stumm. Die Stadt war vom Rest der Welt abgeschnitten.

Fünf Kontinente sahen mit angehaltenem Atem dem sich zusammenbrauenden irrwitzigen Melodrama entgegen, das innerhalb der nächsten vierundzwanzig Stunden die Welt in ihren Grundfesten erschüttern würde, derweil die alten Leutchen ahnungslos hinter ihren großen Porzellanöfen saßen. Für sie war der Tag bloß fad und unerträglich lang. Sie vermißten den täglichen Klatsch im *Biedermeier* und den kurzen Spaziergang zum Masarykplatz. Wie an ihren Trott gewöhnte Karrengäule scheuten sie jegliche Unterbrechung ihrer Alltagsroutine. Und so brummelten und zankten sie den ganzen Tag im Haus herum. Um punkt sechs Uhr hießen die Männer ihre Frauen das Abendessen auftragen, und um halb acht schickten sie das Hausmädchen die heißen Bettflaschen bereitstellen.

An jenem Abend lag die ganze Stadt bereits um neun Uhr in tiefem Schlaf. Die verdunkelten Häuser duckten sich zwischen den Schneeverwehungen wie geduldige Dromedare in der Wüste. Bei Einbruch der Nacht hatte der Schneesturm nachgelassen, aber der Wind trieb immer noch Schneeschwaden durch die ausgestorbenen Gassen. Im Wald stöhnten die Riesenfichten wie Schloßgespenster aus alten Zeiten.

Da rumpelte um zwei Uhr früh ein schwerer Armeelastwagen durch die schlafende Stadt. Er hielt auf dem Masarykplatz an, ein bis zu den Zähnen bewaffneter Trupp SA-Männer sprang heraus, stürmte die Gendarmeriehauptwache und »entwaffnete« die drei freundlichen weißhaarigen Gendarmen, die den Schlaf der Gerechten schliefen, während die Wärmflaschen unter dem Saum ihrer langen Nachthemden langsam kalt wurden.

Der Vorfall ereignete sich vier Stunden vor dem »offiziellen« deutschen Einmarsch. Die kleine Stadt verdankte den frühmorgendlichen Besuch ihrer strategischen Lage an der Eisenbahnstrecke Berlin–Prag, die zu bewachen der SA-Trupp abkommandiert worden war.

Nach der Gendarmeriehauptwache war das Postamt an der Reihe, denn die Sturmmänner hatten Befehl, als erstes sämtliche öffentlichen Gebäude einzunehmen. Im Postamt, das vorschriftsgemäß um achtzehn Uhr geschlossen hatte, war leider niemand anzutreffen. Da sich dort auch das lokale Fernsprechamt befand, konnte nach achtzehn Uhr auch kein Anruf mehr getätigt werden. Aber Befehle – vor allem deutsche – sind Befehle. Also rammten die unzimperlichen Gefolgsleute die Tür und »besetzten« die Diensträume. Ein bewaffneter Grünschnabel richtete sich gleich im Büro des Postamtvorstehers häuslich ein. Nachdem er eine Dose *Ersatzfleisch* verspeist hatte, streckte er sich gemütlich auf dem Kanapee des Postamtvorstehers aus und schlief auf der Stelle ein, sein Sturmgewehr umarmend, als sei es eine treue Soldatenbraut.

Drei der SA-Leute waren im Lastwagen geblieben. Einer war der Obertruppführer, ein baumlanges Elend, siebenundzwanzig oder achtundzwanzig Jahre alt. Er hatte strohblondes Haar, völlig ausdruckslose Gesichtszüge und einen winzigen, kugelrunden Schädel, so daß Lästerzungen ihn »Backerbs« tauften. Mit ihm waren zwei rangniedere Sturmmänner, auch sie blond, blauäugig und schafsgesichtig.

Während ihre Kameraden die öffentlichen Gebäude »besetzten«, widmeten sich diese drei profitableren Dingen. Unter dem Vorwand, nach Waffen zu suchen, fielen sie über die betuchteren Bürger her und raubten den vor ungläubigem Entsetzen starren Opfern Bargeld, Schmuck und sämtliche greifbaren wertvollen Gegenstände. Wenn der Führer die ganze Tschechoslowakei stehlen konnte, nur weil keiner da war, ihm Einhalt zu gebieten, warum sollten seine gehorsamen Gefolgsleute es ihm nicht gleichtun und sich an den mühselig erworbenen Sparsocken ihrer ebenso wehrlosen Bürger bedienen? Sie konnten ja nicht ahnen, mit welch andächtigem Fleiß diese friedliche Provinzbevölkerung ihre paar Schätze angehäuft hatte; was einer silberhaarigen alten Dame ein Porzellandöschen bedeuten mochte, das sie von ihrer Großmutter geerbt hatte, oder wie sehr ein alter Herr an der schweren, altmodischen Golduhr hing, die ihm sein Schwiegervater zur Hochzeit geschenkt hatte.

Die Männer und Frauen, die am Abend vorher im Glauben eingeschlafen waren, auf der Welt gehe alles seinen mehr oder weniger geordneten Lauf, fragten sich mit vor Entsetzen geweiteten Augen, ob das, was ihnen geschah, Wirklichkeit war oder ein Alptraum. Lange nachdem die Sturmleute in ihrem Laster davongebraust waren, flackerte immer noch Licht hinter den zugezogenen Vorhängen der kleinen Landhäuser. Verweinte Hausmädchen wrangen kalte Kompressen für die gefährlich klopfenden Herzen ihrer Herrschaften. Alle paar Minuten klingelte es beim Bezirksarzt, der kaum mehr wußte, wie er mit den vielen Notfällen fertig werden sollte.

Am nächsten Morgen fühlte sich die Stadt wie ein Patient, der benommen aus einer Narkose aufwacht. Die SA-Truppen hatten das Hakenkreuz am Rathaus gehißt, und die Straßenschilder am Masarykplatz waren mit weißen Pappschildern überklebt, auf denen mit ungelenken Buchstaben *Adolf-Hitler-Platz* geschrieben stand. Die Vorbeigehenden tauschten stumme Blicke, viele schluchzten wie kleine Kinder.

Klar, sie verstanden nichts von Politik. Die Entfernung vom Hexenkessel, in dem das Schicksal von

Nationen gebraut wurde, und die Nähe zum Friedhof auf dem Hügel dämpften Worte und Gedanken. Seit Jahrhunderten hatte dieser friedliche Mittelstand beruhigt von einem Land geträumt, das von jenem Mann verkörpert wurde, dessen Name jetzt überklebt war: Masaryk. Ein Name, der Freiheit und ein Leben in Würde bedeutete. Und als sie nun diesen anderen Namen darübergeschmiert sahen, war es für sie, als sei das Grab ihrer Väter geschändet worden.

Sie verstanden nicht recht, was geschehen war; die Plötzlichkeit der Ereignisse hatte sie überrollt. Nichts schien mehr unmöglich zu sein. Den kühlsten Köpfen entsprangen die groteskesten Schauergeschichten. Gestandene Männer erzählten mit Grabesstimme Greuelmärchen weiter, über die ihre Enkel noch am Tag zuvor gelacht hätten. Die ganze Stadt befand sich wie in einem Fiebertraum.

Die alten Herren im Kaffeehaus steckten die Köpfe zusammen wie Verschwörer angesichts des Galgens. Sie flüsterten aufgeregt und blickten nach jedem Satz ängstlich um sich. Alle paar Minuten tauchte der verstörte Wirt in der Tür auf, den Finger auf die Lippen gelegt: Psst, Schweigen ist Gold, meine Herren!

Gegen halb neun betrat Justizrat Novotny die Gaststube, ein jähzorniger Zwerg, der an Bluthochdruck litt; man hätte ihn bloß mit der Fingerspitze anzutippen brauchen, und er wäre geplatzt. Vor Aufregung vergaß er sogar zu grüßen. Er ging stracks auf den Herrn Bürgermeister zu, der sich zu den alten Herren gesetzt hatte, weil die SA-Leute den Weg zu seinen Amtsräumen verbarrikadiert hatten. Justizrat Novotny wischte sich über die Stirn und blickte nervös um sich, ob nichts Deutsches in Sichtweite war. Dann überreichte er dem Herrn Bürgermeister ein paar eng maschinenbeschriebene Blätter: Es war die von ihm verfaßte Beschwerde gegen die nächtlichen Plünderer. Sie war an das Generalhauptquartier der Wehrmacht adressiert, und er forderte alle Geschädigten auf, das Schriftstück zu unterzeichnen.

Das Vorgehen fand allgemeine Zustimmung. Es hatte nämlich den Anschein, als seien die drei Sturmmänner eigenmächtig auf Beutezug gegangen.

»Wenn dem so ist«, erklärte der Herr Bürgermeister erleichtert, »werden die Behörden dafür sorgen, daß das Raubgut zurückgegeben wird.«

Die Zeit drängte! Die drei Schurken hätten ja verschwinden oder ihre Beute loswerden können, bevor die Beschwerde beim Generalhauptquartier eintraf. Es wurde also beschlossen, die Kosten für ein Ferngespräch nach Prag untereinander zu teilen, und Justizrat Novotny eilte zum Fernmeldeamt.

Eines hatte er sich allerdings nicht überlegt: nämlich, daß er nun in einem autoritären Staat lebte, in dem private Mitteilungen jedwelcher Art untersagt waren. Der Sturmmann vom Dienst feuerte eine

Salve Fragen auf ihn ab: »Wen wollen Sie anrufen?« »Wozu?« »In welcher Angelegenheit?«

Dem Herrn Justizrat blieb nichts anderes übrig, als sich seinen Weg in die Freiheit zu erlügen. Schließlich war er heilfroh, wieder auf der Straße zu stehen, wenn auch ohne seine Mission erfüllt zu haben.

Unseligerweise für die Stadt hatte er nun eine weitere Idee. Er erinnerte sich daran, daß es vom Bahnhof eine direkte Telephonverbindung zur nächstgelegenen Kreisstadt gab; er war ganz sicher, daß dort irgendwelche deutschen Heeresführungskommandos stationiert waren. Also weihte er den tschechischen Bahnhofsvorsteher in die Geschichte ein, und dieser gestattete ihm anzurufen. Die zur Bewachung des Bahnhofs abkommandierten Sturmleute waren die Bahnstrecke inspizieren gegangen, da der Sonderzug des Führers fahrplanmäßig in ein paar Stunden vorbeifahren würde. Herr Novotny tätigte also seinen Anruf ohne Vermittlung und gab dem Bahnhofsvorsteher am anderen Ende der Leitung Anweisung, die Beschwerde einzureichen.

Das unbesonnene Gespräch fand ungefähr um neun Uhr vormittags statt. Drei Stunden später entdeckten die Sturmleute an der Eisenbahnbrücke unweit des Bahnhofs einen Sprengsatz. Vom Täter – oder den Tätern – fehlte jede Spur.

4. Kapitel
Der Oberst

Der einarmige Oberst wachte an jenem Morgen ahnungslos auf. Seine Erkältung – wenn auch an sich nicht schlimm – hatte einen scheußlichen Anfall von Gicht ausgelöst, die er sich seinerzeit in den Schützengräben zugezogen hatte. Elend vor Schmerzen, hatte er am Abend zuvor gegen neun Uhr eine doppelte Dosis Schlafmittel genommen, was erklärt, warum er die nächtliche Aufregung verschlafen hatte.

Die Augen des Stubenmädchens waren vom Weinen verquollen, als sie ihm das Frühstück brachte. Von den Bromiden noch ganz benommen, hörte der alte Herr ihr teilnahmslos zu, als sie ihm von den nächtlichen Vorfällen erzählte. Dummes Geschwätz, dachte er zuerst. Die junge Person war offenbar nicht richtig bei Trost – oder war er nicht ganz klar im Kopf? Dann trat er ans Fenster und sah das Hakenkreuz über dem Rathaus flattern. Alles Blut wich aus seinem Gesicht, und das Stubenmädchen fürchtete schon, er könnte ohnmächtig werden. Aber der Oberst war aus härterem Holz geschnitzt. Er stand einfach dort, stumm, weiß wie ein Laken in seinem altmodischen litzenbesetzten Morgenmantel mit dem herabhängenden leeren Ärmel.

Oberst Fialas rechter Arm war 1917 von einer deutschen Granate zerfetzt worden. Bei Ausbruch des Krieges war er von der österreichisch-ungarischen Armee einberufen worden, war dann nach der Niederlage von 1914 zu den Russen übergelaufen und hatte mit Tausenden von Landsleuten gegen Österreich und Deutschland für die Freiheit der Tschechen gekämpft. Vier Jahre später – als der alte Traum Wirklichkeit geworden war und die tschechische Flagge über dem Hradschin wehte – war er als Oberst von der Front zurückgekehrt, mit einem Arm weniger zwar, die Brust hingegen mit Orden bedeckt. Er und seine Kameraden waren als Nationalhelden gefeiert worden.

Kurz darauf hatte er sich in die verschlafene kleine Stadt zurückgezogen und seitdem nie mehr ein Wort über den Krieg verloren. Von Natur aus nicht gerade gesprächig, stellte er sich taub, wenn die Rede darauf kam. Er war endgültig aus der Armee entlassen worden und legte seine Uniform nie mehr an. Selbst bei patriotischen Feiern erschien er in Zivil, ungeachtet der wiederholten Bitten des Herrn Bürgermeisters, der ihn drängte, sich doch in der Uniform zu zeigen, »um die feierliche Stimmung zu unterstreichen«. Er weigerte sich sogar, die Orden anzustecken. Wenn man ihn nach dem Grund dafür fragte, lenkte er scherzend vom Thema ab. Er saß bei allen festlichen Anlässen neben dem Herrn Bürgermeister, und die Festredner verwiesen unweigerlich auf ihn als den »Stolz unserer Stadt«. Worauf er verlegen blinzelte und der Menge mit unbeholfenen Handzeichen bedeutete, das Applaudieren zu lassen. Er schien sich über seine Beliebtheit zu freuen, ließ aber keinen Zweifel daran, daß es ihn noch mehr freuen würde, wenn man ihn in seinem bescheidenen Gasthofzimmer in Ruhe ließ.

Der Oberst war ein kleingewachsener, muskulöser, breitschultriger Mann von der Sorte, die nie Bauch ansetzt. Im Laufe der Jahre begannen seine Altersgenossen ihre Erscheinung zu vernachlässigen. Doch wann immer der Oberst den Gasthof *Zum Auge Gottes* verließ, sah er aus wie ein Mann, der zu einem galanten Rendezvous aufbricht. Sommers wie winters trug er einen gestärkten Eckenkragen und eine tadellos gebügelte schneeweiße Krawatte, an der ein kleines, rubinbesetztes goldenes Hufeisen steckte. Er trug seit eh und je eine hellgraue gestreifte Hose, einen grauen Tuchrock und eine blütenweiße Seidenweste. Sein kurzgeschnittenes graues Haar sah aus wie eine mit silbernen Borsten durchzogene Bürste. Sein weißer Knebelbart war immer perfekt gestutzt, seine Wangen immer glattrasiert.

Es war wohl lange her, daß der Oberst Damen den Hof gemacht hatte – wenn er das jemals getan hatte. Er war schon als Junge schüchtern und zurückhaltend gewesen, und niemand hätte sich im entferntesten vorgestellt, daß er einst zum Kriegshelden werden würde. Sein Vater war Pförtner in der Porzellanmanufaktur gewesen, und der junge Fiala hatte seinen ganzen Ehrgeiz dareingesetzt, Buchhalter zu werden. Es wäre, trotz seines Fleißes, zwecklos gewesen, den Direktorenposten anzustreben, denn um die Jahrhundertwende erlaubte das Kastensystem in jener rückständigen Gegend Europas dem Sohn eines Pförtners allenfalls davon zu träumen, Oberbuchhalter zu werden. Wie auch immer, sein Ehrgeiz war groß und aufrichtig gewesen. Er hatte die Handelsoberschule besucht und nach dem Abschluß eine Anstellung in der Finanzabteilung der Porzellanfabrik bekommen.

Beharrlich, aber ohne die Ellbogen einzusetzen, hatte er sich Jahr für Jahr ein bißchen weiter nach oben gearbeitet, bis er damit rechnen konnte, zum Oberbuchhalter befördert zu werden, sobald sein Vorgesetzter in den Ruhestand ging. Zog aber jemand diese Möglichkeit in Betracht, winkte er bescheiden mit einem »Unsinn« oder mit einem »Das-wissen-die-Götter« ab und blinzelte ebenso verlegen wie später, wenn man ihn den »Stolz unserer Stadt« nannte.

Insgeheim hatte er sich vorgenommen, nach seiner Beförderung um die Hand Jarmillas anzuhalten, der Tochter des Oberbuchhalters. Er verehrte sie, solange er sich erinnern konnte, und drückte seine Verehrung dadurch aus, daß er in ihrer Gegenwart noch finsterer blickte und schweigsamer denn je wurde. Er hatte sie schon als Kind aus der Ferne bewundert, aber so, wie kleine Jungen Filmschauspielerinnen bewundern, denn es war undenkbar, daß sich die Tochter eines Oberbuchhalters zu einem Pförtnersohn herablassen würde.

Je höher er die soziale Leiter hinaufstieg, desto kleiner wurde der Standesunterschied; sein Mißtrauen hingegen blieb. Jarmilla war ein eher flatterhaftes Geschöpf. Sie hatte nicht die geringste Ahnung von seiner Leidenschaft. Wenn sie überhaupt an ihn dachte, dann als an einen ziemlich langweiligen Burschen.

Der junge Mann jedoch kam regelmäßig mit seinem Busenfreund, dem jungen Vesely, in die kleine Stadt, wo er sehnsüchtig das Dreizimmer-Landhäuschen betrachtete, das »zu vernünftigen Konditionen« zum Verkauf stand. Nach seiner Beförderung, stellte er sich vor, würde er es anzahlen und mit Jarmilla und ihren beiden gemeinsamen Kindern hier einziehen. Ja, er hatte beschlossen, daß es zwei sein würden, ein Junge und ein Mädchen. Eines war zuwenig, und mehr als zwei würde er sich wegen der Ratenzahlungen nicht leisten können.

Als der Krieg ausbrach, war Fiala siebenunddreißig. Der bescheidene Angestellte sollte in einen viel höheren Rang aufsteigen, als er es sich je hätte träumen lassen. Sein Leben nahm eine ganz andere Wendung: Er wurde zum Oberst, zum Kriegshelden. Er wurde zum Stolz der Stadt. Zum Oberbuchhalter wurde er nie. Nach der Pensionierung des Oberbuchhalters wurde sein Stellvertreter befördert, denn – Glück muß man haben – dessen rechtes Bein war zweieinhalb Zentimeter kürzer als das linke, was ihn vom Wehrdienst befreite. Im ersten Kriegsjahr heiratete Jarmilla den neuen Oberbuchhalter. Als der Oberst mit einem Arm weniger zurückkehrte, hatte das Paar zwei Kinder, einen Jungen und ein Mädchen, und sie wohnten in einem Dreizimmer-Landhäuschen. Wenn der Oberst a. D. an Sommertagen am Haus vorbeispazierte, sah er die beiden manchmal im Garten, der Mann in Hemdsärmeln, Jarmilla über ihrer Stickerei, die Kinder kreischend. Oder die ganze Familie saß bei Kaffee und Kuchen unter dem alten Nußbaum.

Der Oberst suchte dann seinen alten Freund Vesely auf, um ihm nach einem langem Schweigen zu gestehen, daß er – warum nicht? – zu heiraten gedenke. Hin und wieder sah er sich nach einem geeigneten Haus um und machte sogar Angebote. Seine Unterkunft im Hotel hatte er immer als vorübergehend betrachtet. »Bis ich etwas Passendes finde«, hatte er erklärt, als er eingezogen war. Weil er in der Tiefe seines Herzens glaubte, die *Frau* zu treffen, *die das Schicksal ihm bestimmt hatte.* Genau so stellte er es sich vor, in kursiven Buchstaben, *die Frau, die das Schicksal ihm bestimmt hatte.* Er wartete immer noch auf sie, und das war vielleicht der Grund, warum er so viel Wert auf sein Äußeres legte. Inzwischen flanierte er durch die Hauptstraße, saß, die Prager Zeitungen lesend, im Kaffeehaus, und zwischendurch zwang ihn die Gicht, das Bett zu hüten. Eines Tages wachte er auf und stellte fest, daß zwanzig Jahre vergangen waren und er immer noch im Gasthof *Zum Auge Gottes* wohnte.

Zwei Stunden später marschierte der alte Herr, der zwei Generationen lang selbst bei patriotischen Veranstaltungen immer nur in Zivil aufgetreten war, in voller Uniform samt Gehenk und glitzernden Orden an der Brust die Hauptstraße hinunter. An seiner Seite schritten zwei Jungen, die einen Kranz in den Nationalfarben trugen, den größten Kranz, den man in der Gegend je gesehen hatte.

Die Sonne war durch die Wolken gebrochen, und der Schnee schmolz schnell. Trotz des Matsches marschierte der Oberst stramm, als hätte die alte Uniform ihn um zwanzig Jahre verjüngt. Seine Sporen klirrten, und die Medaillen auf seiner Brust schepperten seltsam metallisch.

Die Menschen auf der Straße blieben stehen und starrten ihm nach, als sei er ein Gespenst. Sie fürchteten, die Erde würde sich unter ihm auftun und ihn verschlingen. Nichts dergleichen geschah. Die Sturmleute patrouillierten immer noch an der Bahnstrecke.

Und siehe da: Immer mehr Menschen schlossen sich dem Oberst an. Stumm zogen sie durch Straßen wie ein ungewöhnlicher Trauerzug. Als sie den Wenzelsplatz erreichten, waren es wohl an die zweihundert. Damals stand dort noch das Denkmal für den Unbekannten Soldaten, das inzwischen von den Deutschen zerstört wurde. Die Leute versammelten sich schweigend darum herum. Es war eine schlichte, in ihrer Unbeholfenheit rührende Statue. An jenem Tag jedoch bekam sie eine besondere neue Bedeutung. Die Inschrift rund um den Sockel lautete: *Er starb für die Freiheit der Tschechoslowakei.*

Die zwei Jungen legten den Kranz vor dem Denkmal nieder. In der Stille hätte man die Lorbeerblätter rascheln hören können. Der Oberst erstarrte in Habtachtstellung. Er salutierte steif mit dem Arm, den die deutsche Granate verschont hatte. Die Hüte wurden gezogen, und die stumme, barhäuptige Menge drängte sich um den salutierenden Oberst. Worauf plötzlich und wie aus einem Mund die Nationalhymne erschallte: *Gde domov muj?* Mein Vaterland, wo bist du?

Eine Frau brach in Weinen aus. Das löste eine verborgene Feder: Aus der Menge ertönten verschiedentlich Schluchzer. Erstickte, unartikulierte Laute, heftiges Klagen und verhaltenes Wimmern vermischten sich mit dem Lied. Die Männer starrten vor sich hin oder schneuzten sich, doch auch sie spürten das Salz der Tränen auf den Lippen.

Sie waren bereits bei der dritten Strophe, als man vom Bahnhof her schweres Räderrattern hörte. Die SA-Leute schossen in die Luft, bevor sie um die Ecke bogen. Kurz darauf stoppte der Armeelastwagen vor dem Platz. Die Menschen stoben auseinander. Im Nu war der Platz leer. Nur der Oberst war geblieben. Auf der Erde lag ein zertrampelter schwarzer Hut, der im Gedränge verlorengegangen war.

Die Sturmleute sprangen vom LKW und stürzten sich mit angelegtem Gewehr auf den Oberst, als hätten sie ein feindliches Versteck aufgestöbert. Der alte Militär verharrte am Fuße des Unbekannten Soldaten, die linke Hand zum Gruß erhoben. Vier Schergen packten ihn. Innerhalb von Sekunden waren sie mit ihm zur Gendarmeriehauptwache unterwegs. Eine Stunde später lag der Oberst immer noch bewußtlos in der Arrestzelle.

Dann nahmen die Dinge eine unerwartete Wendung und machten ihn zu einer für die Deutschen unentbehrlichen Person.

5. Kapitel
Ein schurkischer Plan

Der Bahnhofsvorsteher der Kreisstadt, der Justizrat Novotnys telephonische Beschwerde entgegennahm, leitete sie ordnungsgemäß weiter. Verschiedene Stabskommandos traten auf der Stelle in Aktion. Nirgendwo wurden Eigentumsvergehen so gewissenhaft verfolgt wie in Nazideutschland. Diebe und Räuber wurden verhaftet und lagen mit dem Staat in einem ungesetzlichen Wettstreit, wer der größere Verbrecher sei.

Eines war sicher, der Bahnhofsvorsteher hinterlegte seine Beschwerde natürlich mit so viel Buckerln und »Verzeihn'S«, daß jedermann gleich sah, daß er sich bloß einer lästigen Pflicht entledigte und er die hohen Herren nur ungern mit solchen Lappalien belästigte. Zugegeben, angesichts der neuen Situation erforderte selbst eine mit höchster Behutsamkeit vorgetragene Beschwerde Courage. In der Stadt ging alles drunter und drüber, die tschechischen Behörden waren eben erst aus dem Amt gejagt und die deutschen noch nicht eingesetzt worden. Die Macht war vorübergehend dem Kommandanten der Pioniertruppen übertragen worden, einem schlanken, monokeltragenden preußischen Major mit einem Gesicht voller Schmisse, der hinter seinem Schreibtisch saß wie Wotans Vertreter auf Erden. Er hörte sich stumm die Erklärungen des Bahnhofsvorstands an, übergab dann die Angelegenheit zur weiteren Bearbeitung einem Adjutanten.

Der Adjutant traf gegen Mittag in der kleinen Stadt ein. Die Sturmleute bewachten immer noch die Bahnstrecke, weil die genaue Uhrzeit der Durchfahrt des Führers noch nicht gemeldet worden war. Der Oberfeldwebel traf in der Gendarmeriehauptwache nur den diensthabenden Sturmmann an. Er erklärte diesem den Grund seines Kommens, der Mann wußte aber offensichtlich nichts Genaueres: Er habe die ganze Nacht Dienst gehabt, doch bei ihm sei keine Beschwerde eingegangen.

»Ist doch alles dummes Zeug«, meinte der SA-Mann. »Die Leute hier sind ganz aus dem Häuschen. Heute morgen hätt's fast einen Aufstand gegeben.«

Der Adjutant – ein hoch aufgeschossener, nudeläugiger Bursche – genoß seine Macht. Er machte sich eine Menge Notizen, schickte dann den Mann, den Obertruppführer zu holen.

Was nicht ganz nach Vorschrift war. Der Trupp hatte Befehl, die Bahnstrecke zu bewachen, und der

Adjutant war keineswegs befugt, den Obertruppführer von seinem Posten abzubeordern. Nudelauge sah dies aber ganz anders. Er war hungrig, er wollte seine warme Mittagssuppe. Und war zudem berauscht von der kurzzeitigen Macht, die ihm erlaubte, einem SA-Obertruppführer Befehle zu geben, dessen Rang mehr oder weniger seinem entsprach.

Das gab Backerbs Zeit, die »Dinge in Ordnung zu bringen«. Als er von der Ankunft des Adjutanten hörte, verzogen er und seine Spießgesellen sich ins Bahnhofspissoir, wo sie aufgeregt Kriegsrat hielten. Der Bahnhofsvorsteher, zufällig auch gerade auf der Toilette, belauschte sie.

Nach der Konferenz ging Backerbs zum Gasthof und erstattete dem Adjutanten Bericht, während seine Kumpane zur Eisenbahnbrücke zurückeilten. Der Bahnhofsvorsteher schaute zum Fenster hinaus und sah, wie sie etwas Schweres wegschleppten. Kurze Zeit später stellte er fest, daß die Kiste Dynamit, die eine Woche zuvor aus Prag für den Straßenbau geschickt worden war, aus dem Lagerschuppen verschwunden war.

Backerbs rapportierte dem Adjutanten: Er habe in der vorangegangenen Nacht einen Sprengsatz an der Eisenbahnbrücke entdeckt und darauf die Durchsuchung sämtlicher Häuser in der Stadt angeordnet. Die Beschwerde, erklärte er weiter, sei nichts als ein Ablenkungsmanöver von den wahren Verbrechern.

Nudelauge nahm alles zur Kenntnis, ohne sich dazu zu äußern. Er genoß die Situation sichtlich, machte sich Notizen, stellte Fragen, schaute zwischendurch mit strengem Blick von seinem Notizblock auf, wie er es seinen Major hatte tun sehen. Am Ende war er überzeugt, daß Backerbs die Wahrheit sagte. Er ließ sich zum Tatort führen, untersuchte das Corpus delicti und geriet außer sich vor Zorn.

»Und das Pack hat auch noch die Stirn, sich zu beschweren!« rief er, zitternd vor Empörung über die bodenlose Verderbtheit der menschlichen Gattung.

Backerbs schielte verstohlen lächelnd zu seinen zwei Komplizen hinüber.

Der teuflische Plan funktionierte. Wo ein Attentat geplant wird, ist auch ein Attentäter, ein Anstifter, ein Verdächtiger zumindest. Und da kam der Oberst ins Spiel.

Ein einmaliger Glücksfall für Backerbs, daß dieser schon im Arrest saß, als der Adjutant auftauchte. Einen geeigneteren Schuldigen hätte er sich so kurzfristig gar nicht wünschen können. Man überließ es Doktor Burian, dem Bezirksarzt, den Verhafteten wieder zum Leben zu erwecken. Kaum war dieser zu sich gekommen, eröffneten ihm die Deutschen, er, Oberst Fiala, habe, während er seine dreifache Dosis Bromide ausschlief, versucht, die Eisenbahnbrücke in die Luft zu sprengen – oder habe zumindest andere dazu angestiftet.

Vom Standpunkt der Deutschen aus war die Geschichte absolut logisch. Fiala war ein hoher tschechischer Offizier, der die Deutschen aus tiefster Seele haßte, schließlich hatte er vier lange Jahre auf der Seite der Russen gegen die Deutschen gekämpft. Trotz seines fortgeschrittenen Alters hatte er das Volk zur Revolte gegen die deutschen Besatzer aufgerufen; er hatte die tschechische Uniform angelegt, einen riesigen Kranz durch die Stadt getragen und am Grab des Unbekannten Soldaten niedergelegt. Wenn in dieser kleinen Stadt, in der sich niemand je um Politik gekümmert hatte, eine politische Verschwörung aufgedeckt werden mußte, so war der Oberst eindeutig der geeignete Mann, dem man sie anhängen konnte. Die Chancen des Obersts standen schlecht, sehr schlecht.

Einzig der Bahnhofsvorsteher hätte ihn retten können. Hatte er doch auf der Toilette mitgehört, wie die drei Sturmmänner die Geschichte ausheckten. Und selbst wenn man seiner Aussage keinen Glauben geschenkt hätte, verfügte er doch über handfestes Beweismaterial. Denn der Sturmmann, der ihn am Abend vorher seiner Verantwortung enthob, hatte mit typisch deutscher Gründlichkeit ein Inventar aufgenommen. Zu jenem Zeitpunkt lag der Sprengstoff noch im Lagerschuppen – und tatsächlich hatten sie da überhaupt zum ersten Mal von der Existenz des Sprengstoffs gehört. Um vier Uhr morgens, als der Sturmmann sein pingeliges Inventar fertig erstellt hatte, stand die Sprengstoffkiste immer noch im Schuppen. Laut der Geschichte, die Backerbs dem Adjutanten auftischte, hatte er jedoch um drei Uhr früh die Hausdurchsuchungen angeordnet, nachdem er den Sprengsatz unter der Brücke entdeckt hatte. Ein Irrtum war ausgeschlossen, da der gewissenhafte SA-Mann ja Nummer und Beschreibung der Kiste im Lagerschuppen aufgezeichnet hatte. Und siehe da, sie stimmte mit der des Corpus delicti genau überein.

Dieses unstrittige Beweisdokument war im Besitz des Bahnhofsvorstehers. Er hätte bloß die Schublade aufzuziehen und es herauszuholen brauchen. Der Bahnhofsvorsteher öffnete aber weder den Mund noch die Schreibtischschublade. Der arme Teufel hatte genug eigene Sorgen.

Sein ältester Sohn, der vorigen Sommer von der Schule abgegangen war, hatte bisher keine Arbeit finden können. Er lungerte und schäkerte den ganzen Tag herum, und es wäre ihm nicht im Traum eingefallen, ein Buch aufzuschlagen. Es sah aus, als würde er stracks vor die Hunde gehen. Und just als sein Vater dachte, er könnte ihm eine Arbeit bei der Staatlichen Eisenbahn beschaffen, marschierten die Deutschen ein.

Die noch nicht sechzehnjährige Tochter bereitete dem armen Bahnhofsvorsteher ebenfalls Kummer. Er hatte sie kürzlich in den Armen eines schmierigen Eilgutbeamten erwischt, der immer nach Friseurladen stank und sich mit jeder schlampigen

Zigeunerhure einlassen würde, solange die Forderungen an seine Brieftasche nicht zu exzessiv waren. Der jüngere Sohn stand kurz vor der Matura, die er zweifellos mit Auszeichnung bestehen würde. Aber der las von morgens bis abends Marx und Lenin; es war also vorauszusehen, daß auch er Ärger bekommen würde.

Der Bahnhofsvorsteher grämte sich den lieben langen Tag wie ein einfältiges altes Weib: Seine Kinder würden ihn noch ins Grab bringen. Tatsächlich lenkte ihn sein ständiges Gejammer von noch größeren Sorgen ab. Seine Frau war kürzlich zu erneuten Radiumbestrahlungen nach Prag gereist. Wie hätte er ihr sagen können, daß er, um ihre Reise zu bezahlen, die Versicherungspolice verpfänden mußte, für die er fünfzehn Jahre geschuftet und gespart hatte. Durch ihre Krankheit steckte er bis zum Hals in Schulden, doch er wußte, daß all die Wucherdarlehen nichts nützten: Für seine Frau gab's keine Heilungsaussichten mehr; das hatte der Arzt ihm schon vor einem Jahr gesagt.

Der Bahnhofsvorsteher wußte genau, daß das Leben des Obersts auf dem Spiel stand und daß nur er ihn retten konnte. Aber sollte er angesichts der herrschenden Zeiten seine Anstellung riskieren? Statt dessen verbrachte er den halben Nachmittag damit, seinen älteren Sohn auszuschimpfen, der schon wieder fünf Sokol aus dem Sparsocken der Familie geklaut hatte.

Das Gewissen des Arztes war weniger biegsam. Er forderte eine Anhörung vor dem Untersuchungsausschuß, obwohl die tiefen Wunden des Obersts, die er eben verbunden hatte, ihn vor den Methoden von Wotans Söhnen hätten warnen müssen. Seinerseits hatte er ein schwaches Herz, das unter der Belastung beinahe versagte. Trotzdem stellte er sich vor den arroganten Adjutanten und sagte mit ruhiger, gemessener Stimme: »Das ist absolut unmöglich. Der Patient hat sein Zimmer seit fünf Tagen nicht verlassen. Vergangene Nacht war er so krank, daß er sich kaum rühren konnte.«

»Wie erklären Sie sich dann«, fiel ihm Backerbs mit einem Seitenblick auf Nudelauge ins Wort, »wie erklären Sie sich, daß dieser hilflose Patient, wie Sie behaupten, heute morgen immerhin in der Lage war, einen patriotischen Demonstrationszug anzuführen? Ist Ihnen bekannt, daß er stramm wie ein Zwanzigjähriger durch die ganze Stadt marschiert ist?«

»Natürlich ist mir das bekannt«, antwortete ihm der Arzt. »Solche Phänomene lassen sich durch einen ungewöhnlichen psychischen Zustand erklären und …«

Mit einer Stimme, die die Fensterscheiben erzittern ließ, schnitt ihm Backerbs das Wort ab: »Wissen Sie denn nicht, was sich heute vormittag abgespielt hat?«

»Doch.«

»Na dann, um so besser«, bellte Backerbs und warf Nudelauge einen weiteren triumphierenden Blick zu. Das Gespräch war beendet.

Der Doktor war letztlich froh, heil davonzukommen, doch sein Gewissen ließ ihm keine Ruhe. Er war ein tiefgläubiger Mensch. Als Arzt hegte er keinerlei Zweifel über das Stechen in seiner Brust. Er war Mitte Sechzig, und die Schmerzen traten immer häufiger auf. Den Leuten im Städtchen war er lauter Friede und Heiterkeit – eine Art Weiser und ein bißchen Weihnachtsmann. Und doch quälte ihn seit Jahren eine krankhafte Angst vor dem Tod. Er war ganz allein auf der Welt. Manchmal wachte er nachts auf, und dann packte ihn kaltes Entsetzen: Wartete da jemand in einem seiner abgenützten Plüschsessel, jemand, der seine Dienste nicht brauchte? Und bei diesem Gedanken weinte er wie ein Kind. Vor langer Zeit, als noch junger Arzt in der Kreisstadt, war er ein begeisterter Anhänger des historischen Materialismus gewesen. Doch als sein Herzflimmern begonnen hatte und er sich in die kleine Stadt zurückzog, verfiel er zunehmend einem religiösen Drang, der an Besessenheit grenzte.

Der Doktor ließ es sich nicht nehmen, jeden Morgen in die Kirche zu gehen, wo er für jeden einzelnen seiner Patienten betete. Die Leute betrachteten seine Frömmigkeit mit liebevoll-ironischer Nachsicht.

Er verließ die Gendarmeriewache und eilte über

den Platz in die Kirche. Die Kirche war leer. Atemlos und schwindlig blieb der alte Mann im Dämmerlicht stehen und fühlte seinen Puls. »Zu hoch«, murmelte er leise, als befürchte er, der Patient könnte ihn belauschen. Und dann, in der Art, wie es alte Männer zu tun pflegen, wiederholte er: »Viel zu hoch.« Worauf er mit professioneller Gleichgültigkeit seine abgewetzte Arzttasche aufklappte, ihr ein Fläschchen entnahm, ein paar Pillen auf die offene Hand schüttete und sie schluckte. Nachdem er Hut und Tasche vor die Altarbrüstung abgelegt hatte, kniete er langsam nieder wie ein Mann, der nach anstrengendem Tagwerk heimkommt. Er nahm seine Brille ab, steckte sie sorgfältig in die Brusttasche, um sie vor Schaden zu bewahren.

Dann brach er in lautloses Schluchzen aus.

»Vater unser, der Du bist im Himmel, geheiligt sei Dein Name, Dein Reich komme, Dein Wille geschehe, wie im Himmel, so auf Erden …«

Er war sich kaum bewußt, daß er betete. Beten war für ihn wie Musik für den echten Musiker – er hörte nur die große, unbeschreibliche Melodie. Das Gebet floß spontan über seine Lippen, Tränen traten ihm in die Augen. Als er das Vaterunser zum drittenmal gebetet hatte, wußte er mit einemmal, daß er, egal was passierte, den Oberst nicht im Stich lassen würde. Dieser Gedanke erfüllte ihn mit tiefem Frieden. Er bekreuzigte sich und stand auf. Dann eilte er zum Gasthof, als rufe ihn eine dringende Pflicht.

Die Beschwerdeunterzeichner saßen im Kaffeehaus und warteten, daß man sie in die Gendarmeriehauptwache berief. Doch der Doktor machte einen großen Bogen um sie und begab sich geradewegs in die Küche, wo er dem Dienstpersonal von der Anklage gegen den Oberst berichtete. Der Gasthof beschäftigte nur wenig Angestellte; sie konnten das Gehörte nicht fassen und beteuerten einstimmig, der Oberst habe, bis zum heutigen Vormittag, in den letzten fünf Tagen das Zimmer nicht verlassen. Alle mochten den alten Herrn, der trotz seines Ruhms immer liebenswürdig war und jedermann, selbst die einfachste Küchenhilfe, respektvoll behandelte.

Als die Herren im Kaffeehaus erfuhren, daß der Arzt eine »Delegation« zur Polizei anführte, beschlossen sie, sich ihm anzuschließen. Sie waren viel couragierter als noch am Morgen.

»Sieh einer an! Die haben aber schnell auf unsere Beschwerde reagiert«, meinten sie. »Vielleicht gibt es doch noch so etwas wie Gerechtigkeit.«

Der Doktor unterließ es bewußt, zu erwähnen, wie es dem glücklosen Oberst ergangen war.

Vertrauensvoll setzte sich das Trüppchen in Bewegung. Die erste Überraschung erwartete sie bereits vor dem Eingang des Gendarmeriepostens.

»Eintritt verboten!« brüllte der wachhabende Sturmmann. Erst nach langwierigen Verhandlungen erklärte er sich bereit, sie wenigstens anzumelden. Eine halbe Stunde verging, eine Stunde – nichts ge-

schah. Die Delegation stand frierend in der beginnenden Dämmerung. Die Tür war verriegelt. Der Sturmmann warf hin und wieder einen Blick aus dem Fenster, hielt es aber für unter seiner Würde, auf ihre Zurufe zu antworten.

Das durchgefrorene Trüppchen zog die Aufmerksamkeit der Vorübergehenden auf sich. Immer mehr Menschen gesellten sich dazu, bald bildete sich eine Menschenmenge, die aufgeregt über das Vorgefallene diskutierte. Das Wetter wurde immer ungemütlicher. Ein schneidender, eisiger Wind blies von den Hügeln her, die Pfützen gefroren zu glasigen Tümpeln, der Schlamm in den Straßen wurde beinhart. Ein paar große Schneeflocken trieben träge durch die Luft. Und dann begann es, heftig zu schneien.

Es dunkelte. Geschäfte, Kanzleien und Kontore schlossen. Nach Hause eilende Verkäufer und Angestellte schlossen sich dem Volk auf dem Masarykplatz an. Die Jüngeren waren von härterem Schlag als die Rentner. Das Stimmengewirr wurde lauter. Der Puls der Menschenmasse schlug gefährlich schnell. Nach zwei Stunden Warten klopfte Justizrat Novotny mit seinem Stock ans Fenster. Keine Antwort. Da erhob sich ein durchdringender Ruf aus der Menge.

»Gerechtigkeit!«

Das Wort fand Widerhall in den Herzen der Menschen, leise und vorsichtig zuerst, dann laut und fordernd, bis es in einem einzigen Aufschrei gipfelte:

»Gerechtigkeit!«

»Gerechtigkeit!«

»Gerechtigkeit!«

Wer auch immer als erster den empörten Ruf ausgestoßen hatte, hatte wohl Gerechtigkeit für den Oberst gefordert. Doch das Wort schwoll an wie eine Lawine. Die Menge verlangte nun nicht mehr Gerechtigkeit für einen Mann, sondern für das ganze Land, für die ganze Welt, für alle Mühseligen, Beladenen und Unterdrückten.

»Gerechtigkeit!«

»Gerechtigkeit!«

»Gerechtigkeit!«

Backerbs schaute aus dem Fenster, und was er sah, gefiel ihm gar nicht. Der Platz war ein schwarzes, brodelndes Menschenmeer. Normalerweise wäre das kein Grund zur Beunruhigung gewesen. Er wußte, daß er bloß nach dem Telephon zu greifen brauchte, und in einer Viertelstunde würden so viele Soldaten in die Stadt einfallen, daß es den braven Leuten leid tun würde, das Wort »Gerechtigkeit« überhaupt in den Mund genommen zu haben. Genau das wollte er nicht. Die Besetzung der Tschechoslowakei war handstreichartig erfolgt wie ein präzise geplanter Banküberfall. Selbst in den größeren Städten hatte es keinen nennenswerten Widerstand gegeben. Wenn nun in diesem gottverlassenen Nest Verstärkung geholt werden mußte – vor allem, wenn es Blutvergießen geben sollte –, würde die

Heerführung womöglich eine Untersuchung anordnen und der Geschichte auf den Grund gehen. Das war es, was Backerbs um jeden Preis verhindern mußte.

Nudelauge verhörte immer noch den Oberst, der inzwischen halbtot war und kaum noch sprechen konnte. Backerbs wußte, was zu tun war. Er nahm den Adjutanten beiseite. Die beiden flüsterten kurz miteinander, dann wurde der alte Mann weggeführt. Worauf Backerbs den Wachposten hieß, die Delegation hereinzulassen.

Er hatte sich nicht geirrt. Die Menge beruhigte sich auf der Stelle. Die Menschen waren durchgefroren und hungrig und sehnten sich nach ihrem Schaukelstuhl in ihrer warmen Stube. Nach und nach löste sich die Menge auf. Am Schluß war nur noch ein Häuflein Unentwegter zurückgeblieben, das entschlossen war zu erfahren, was die Delegation erreicht hatte.

Backerbs hörte sich die Zeugen mit ungewohnter Höflichkeit an. Er tat so, als sei ihre Aussage wichtig.

»Das Gesetz wird die Schuldigen unbarmherzig bestrafen«, versicherte er. »Unschuldige haben nichts zu befürchten, liebe Freunde. Schließlich tue ich nur meine Pflicht. An meiner Stelle würdet ihr ebenso handeln, oder etwa nicht?«

Von den Diebstählen: kein Wort. Es war fast acht Uhr abends. Nudelauge war hungrig; er blickte immer wieder nervös auf seine Armbanduhr. Backerbs nickte verständnisvoll und entließ rasch das Gasthofpersonal. Nur die Beschwerdeverfasser blieben zurück.

Einen Moment lang herrschte Stille. Backerbs ging in Ruhe seine Akten durch. Und dann änderte er seinen Tonfall.

»Ist Herr Novotny anwesend?« fragte er.

»Hier«, antwortete der Justizrat, und sein Herz setzte kurz aus.

Backerbs musterte ihn von Kopf bis Fuß wie ein Metzger, der sich anschickt, ein Rind zu schlachten.

»Sie sind's also!« brüllte er.

Und blätterte weiter in seinen Akten. Novotny brach der kalte Schweiß aus. Die anderen standen starr vor Entsetzen da.

»Ich ersehe aus diesem Rapport«, sagte Backerbs erneut mit einem Schlächterblick in Richtung Justizrat, »daß Sie eine Beschwerde gegen die unter meinem Befehl stehenden Sturmleute eingereicht haben.«

Justizrat Novotnys wenige verbliebene Haarsträhnen klebten an seinem schwitzenden Schädel. Sein Blick drückte schieres Entsetzen aus. Wenn er jetzt die Situation nicht in den Griff bekam, würde er zum Sündenbock für alle anderen werden. Er machte sich keinerlei Illusionen über seine Lage.

»Ich habe im Namen meiner Mandanten gehandelt«, murmelte er schließlich.

Backerbs wußte, daß dies nicht die Wahrheit war, jedenfalls nicht die ganze Wahrheit. Hatte doch er selbst die Wohnung des Justizrats geplündert. Aber er tat lieber so, als hätte er ihn nie vorher gesehen.

»Wollen Sie damit sagen«, fragte er, »daß Sie bloß im Auftrag gehandelt haben?«

Jetzt gerieten die anderen in Panik. Der Justizrat versuchte offenbar, sich über ihre Leichen aus der Affäre zu ziehen. Er spürte ihre durchbohrenden Blicke in seinem Rücken.

»Ich bin Rechtsanwalt«, antwortete er ausweichend.

»So, so«, sagte Backerbs.

Er hatte die Strategie des Justizrats durchschaut, also würde er die Situation zu seinem Vorteil nutzen. Er lächelte liebenswürdig und bot Novotny einen Stuhl an – eine symbolische Geste, die jeden Anschein von Egalität zwischen dem Justizrat und seinen unglücklichen Mandanten aufhob, die derweil unbehaglich von einem Fuß auf den anderen traten.

»Der Sachverhalt ist folgender«, erklärte Backerbs dem Justizrat. »Aufgrund einer mündlichen Beschwerde wurde eine Untersuchung eingeleitet. Ich muß aber darauf bestehen, daß diese Beschwerde schriftlich nachgereicht wird, und zwar mit Namen und Adressen sämtlicher Kläger. Weil ...« Seine Stimme schwoll zu einem Donner an, während seine Augen Blitze auf das vor Angst erstarrte Grüppchen schleuderten, »… weil ich Strafmaßnahmen gegen sie beantragen werde. Die unbegründeten schweren Anschuldigungen gegen die von mir befehligte Truppe stellen einen Angriff auf die deutschen Verteidigungskräfte dar und folglich einen Angriff auf die verfassungsmäßige Gewalt.« Darauf erhob er sich und schüttelte Justizrat Novotny die Hand, ohne die anderen eines Blickes zu würdigen.

»Das ist alles, Herr Justizrat.«

Die alten Herren gingen nach Hause, und diejenigen, denen der Appetit noch nicht vergangen war, aßen zu Abend. Die Verheirateten beredeten die Angelegenheit mit ihren Frauen. Diese hörten sich die ganze vertrackte Geschichte an, und als hätten sie sich vorher abgesprochen, antworteten alle mit den mehr oder weniger gleichen Worten: »Wir jedenfalls werden diese Beschwerde nicht unterschreiben, mein Lieber!«

Die anderen mochten kopfstehen, bitte sehr; die ganze Stadt mochte in einem Höllenfeuer untergehen: Aber Herr und Frau X würden nichts unterschreiben! Die heilige Johanna hätte zweifellos anders gehandelt, gewiß, aber Johanna hörte im Schlaf himmlische Stimmen, während diese armen verängstigten Hausfrauen bloß von den Greueln in den deutschen Konzentrationslagern träumten.

Die Herren protestierten, es gehe um das Prinzip, das könnten sie nicht tun. Die Frauen konterten, die Prinzipien könnten ihnen mal … Alles, was sie wollten, sei, in Frieden gelassen zu werden. Am Ende hielten die meisten Ehemänner ihren Einwand nur noch pro forma aufrecht; sie waren sowieso schon überzeugt.

Nach dem Abendessen versammelten sich die Männer in Novotnys Kanzlei in der vorgeblichen Absicht, die Beschwerde zu unterzeichnen. Der Justizrat erhob sich. Nach einer umständlichen Einleitung über die Stellung des einzelnen in der Gesellschaft und die Notwendigkeit, dem Kaiser zu geben, was des Kaisers ist, kam er schließlich zum Punkt: »In unserer schwierigen Situation, meine Herren, wäre es reinster Wahnsinn, die Generalstabsführung mit einer zweiten Beschwerde zu provozieren.«

Der Doktor, der nie eine Ehefrau gehabt hatte, versuchte, ihm zu widersprechen, doch er wurde niedergeschrien. Der Justizrat wurde also beauftragt, am nächsten Morgen zur Gendarmeriehauptwache zu gehen und die Beschwerde zurückzuziehen.

Aber Justizrat Novotny wartete nicht bis zum nächsten Morgen. Eine halbe Stunde später betrat er die Gaststube *Zum Auge Gottes.* Backerbs und Nudelauge saßen noch bei Tisch.

»Entschuldigen Sie die Störung, meine Herren«, stammelte er. »Sehen Sie – die Sache ist die – inzwischen habe ich mich davon überzeugt – hm –, daß die Beschwerde unbegründet war … Ich habe – hm – meine Mandanten bewogen, sie zurückzuziehen.« Nach einer kurzen Pause fuhr er feierlich fort: »Darüber hinaus habe ich, um den verleumdeten Parteien Genugtuung zu verschaffen, ein Papier vorbereitet, das eine Revision des Falles und eine uneingeschränkte Entschuldigung seitens meiner Mandanten enthält.«

Selbstverständlich hatte Justizrat Novotny keinerlei entsprechende Anweisungen bekommen, was für ihn aber keinen großen Unterschied machte. Unterwürfig lächelnd, übergab er Backerbs das Papier, der es wiederum vor Nudelauge hinlegte wie ein siegreicher General, der seinem Fürsten den Schlüssel zu einer eroberten Stadt vor die Füße legt.

Als der Justizrat sich zum Gehen erhob, begleitete Backerbs ihn zur Tür.

»Sie sind selbstverständlich Arier, nicht wahr?« fragte er, als Nudelauge außer Hörweite war.

»Aber gewiß«, antwortete der Justizrat wahrheitsgemäß.

»Aufgrund Ihres Verhaltens in dieser Angelegenheit, Herr Justizrat Novotny, hätte ich auch nichts anderes angenommen«, sagte Backerbs. »Und sollten Sie je ein Anliegen haben, zögern Sie nicht, sich an mich zu wenden, ja?«

Herr Justizrat Novotny trat strahlend auf die Straße hinaus. Als er an der Gendarmerie vorbeikam, nickte er dem Wachposten nur kurz zu, den er erst zehn Minuten vorher überschwenglich begrüßt hatte – ganz zu schweigen von den teuren Havannazigarren, die er ihm am Nachmittag zugesteckt hatte und die sonst nur Ministerialsekretären in Prag vorbehalten waren.

Sobald der Justizrat weg war, wischte Nudelauge kopfschüttelnd den Bierschaum von seinem rotblonden Schnurrbart: »Prinzipienloses Pack, diese Tschechen!«

Backerbs rümpfte verächtlich die Nase. »Was haben Sie denn anderes erwartet? Eine mindere Rasse.«

Inzwischen war ihm Nudelauges Begeisterung für das vorzügliche Pilsnerbier nicht entgangen. Selbst ein tüchtiger Biertrinker, ortete Backerbs ähnliche Neigungen schnell. Nudelauge trug einen Ehering am Finger, und man brauchte kein mathematisches Genie zu sein, um abzuschätzen, wieviel Pilsner er sich mit seinem Sold leisten konnte. In Anbetracht all dessen eröffnete ihm Backerbs, er habe heute Geburtstag. Ob der Herr Oberfeldwebel wohl etwas dagegen hätte, ein bißchen mit ihm zu feiern?

Der Abend erwies sich als ein voller Erfolg. Gegen Mitternacht schwankte Nudelauge ins Freie, um sich zu übergeben, und dann prosteten sie einander nochmals und nochmals und ein weiteres Mal auf ihre Freundschaft zu. Am nächsten Morgen war Nudelauge trotz seines fürchterlichen Katers immer noch fest davon überzeugt, daß Backerbs ein prächtiger Kerl sei und daß die Wehrmachtsoldaten sich irrten, wenn sie alle Sturmleute als Rabauken bezeichneten.

Nachdem er den Adjutanten ins Bett geschleppt hatte – keine geringe Aufgabe –, begab sich Backerbs auf sein Zimmer, um sich mit seinen zwei Kumpanen, die dort warteten, zu beratschlagen. Sie sahen sich einem vertrackten Problem gegenüber: Wenn jemand eine Beschwerde einreicht, kann er sie zurückziehen und sich sogar entschuldigen, warum nicht. Wenn man aber behauptet, daß jemand den Sonderzug des Führers in die Luft sprengen wollte, und als Beweis eine verminte Eisenbahnbrücke anführt, kann man die Geschichte nicht einfach wieder zurückziehen, wenn einem das Leben lieb ist.

Das Komplott überforderte sie allmählich. Es war wohl ein Fehler gewesen, diese Lügengeschichte in die Welt gesetzt zu haben; aber wenn der Schaden erst einmal angerichtet ist, kommt jede Vernunft zu spät. Anfänglich hatten sie sich bloß eine Judengeschichte überlegt, doch leider gab's in diesem gottvergessenen Kaff keinen einzigen Juden. Zudem hatten sie sich beeilen müssen: Nudelauges plötzliche Ankunft hatte sie überrumpelt. Alle drei bekamen es nun richtig mit der Angst zu tun, sie waren eindeutig zu weit gegangen.

Und jetzt hatte sich die Beschwerde, derentwegen sie die Sprengstoffgeschichte erfunden hatten, in Luft aufgelöst; ihre erfundene Geschichte aber lebte munter weiter. Die Fiktion erwies sich als stärker als die Wahrheit. Die Dämonen, die sie gerufen hatten, wandten sich nun gegen sie selbst.

Sollte die Generalstabsstelle Wind von einem versuchten Attentat auf den Sonderzug des Führers bekommen, würde die Geheimpolizei die Dinge in die Hand nehmen, was wiederum das Ende der drei Musketiere bedeuten würde.

Nach langem Beratschlagen kamen sie zu zwei wichtigen Schlußfolgerungen:

1. Der Oberst war nicht der geeignete Attentäter, weil er zuviel Aufmerksamkeit auf sich zog.

2. Es mußte schleunigst ein anderer Kandidat gefunden werden.

Was sie brauchten, war ein schlichter, verläßlicher Attentäter, der weder Familie noch Freunde hatte; jemand, den sie ohne viel Aufhebens beseitigen konnten, wenn der Moment gekommen war.

Und so verfielen sie auf Swoboda.

6. Kapitel
Der verläßliche Attentäter

Am fünfzehnten März erwartete die Wittib den vierteljährlichen Besuch der Aasgeier. Bei diesen Gelegenheiten blieb Swoboda für gewöhnlich über Nacht. Er half die Ware sortieren und sorgte dafür, daß die Müllhändler seine Viuda nicht übers Ohr hauten.

Es war ein Tag wie jeder andere, abgesehen davon, daß die deutsche Armee, die keine Rücksicht auf die Verpflichtungen der Wittib nahm, plötzlich die Tschechoslowakei besetzte und im ganzen Land Straßensperren errichtete. Swoboda und die Wittib warteten von daher vergeblich auf ihre Kundschaft. Sie hatten nicht die entfernteste Ahnung von dem, was geschehen war, während sie friedlich Müll sortierten. Wahrscheinlich waren die Fuhrwerke im Schnee steckengeblieben, sagten sie sich.

Sturmleute hatten sich keine bis zu ihnen hinaus gewagt, und die Kälte zwang Swoboda und seine Viuda, im Haus zu bleiben. Sie hatten kein Radio, und an jenem Tag erreichten auch keine Zeitungen die Stadt, was ihnen egal war, denn sie hätten sie ohnehin nicht gelesen, weil Swoboda nicht lesen konnte und die Wittib nur Groschenromane las. Sie warteten also den ganzen Tag, ohne im geringsten besorgt zu sein.

Die Wittib war überglücklich. Ihr Liebster war ein vielbeschäftigter Bursche, und es kam selten vor, daß er einen ganzen Tag mit ihr verbrachte. Sie beschloß, das Beste aus dieser günstigen Gelegenheit zu machen. Nachdem sie den kleinen steifbeinigen Ofen zum Bersten mit Kohle vollgestopft hatte, überhäufte sie ihren Swoboda mit Essen und Trinken, denn auch er war bis über die Ohren in seine Viuda verliebt. Schläfrig vom vielen Schlemmen, machten sie es sich auf ihrem Strohsack gemütlich und gingen zu anderem über – dem Schönsten, nicht wahr? Der Tag verging im Flug.

Als Swoboda wieder zum Bahnhof zurückkehrte, war der Neunzehn-Uhr-zehn schon angekommen und bereits wieder abgefahren. Er holte seine Roßdecke und etwas Stroh aus dem Lagerschuppen und legte sich sofort schlafen. Erschöpft von der Liebe und vom Müllsortieren, schlief er auf der Stelle ein.

Inzwischen schritt der Sturmtrupp im gnadenlosen Schneesturm die Gleise ab und hielt nach dem Sonderzug des Führers Ausschau. Hitler war allerdings bereits am Nachmittag – mit dem Auto – in Prag eingetroffen, doch offenbar hatte niemand daran gedacht, es dem SS-Obertruppführer mitzuteilen. So streng waren die Sicherheitsvorkehrungen zum Schutze von Hitlers Leben.

Ein SS-Mann namens Schmatz, der kurz vor elf seinen Dienst beendet hatte, hörte auf seinem Weg zur Toilette lautes Schnarchen aus dem Wartesaal. Er ging hinein und schüttelte den Schläfer wach. Das hatte sich in den zwanzig Jahren noch keiner getraut. Alle wußten, daß Swoboda im Wartesaal schlief, und niemand, nicht einmal der Bahnhofsvorsteher, wäre je auf die Idee gekommen, seinen Schlaf zu stören.

He, was wollte dieser Kerl von ihm? Sogar ein begriffsstutziger Kriegsveteran war imstande, eine Uniform zu erkennen. Swoboda musterte den Eindringling: Nein, der sah nicht nach einem Kommandier aus. Zudem sprach der Mann Deutsch, was Swoboda gleich erkannte, er hatte schließlich in der Österreichisch-Ungarischen Armee gedient. Auch war der Mann – da er zur Toilette unterwegs war – unbewaffnet. Wahrscheinlich hat der Kerl den Zug verpaßt, sagte sich Swoboda und verwies ihn schläfrig zum Eilgutschalter, wo man ihm weiterhelfen würde. Der Deutsche, der kein Tschechisch verstand, hielt Swobodas gutgemeinten Rat für eine Beleidigung des deutschen Volkes.

»Raus hier, und zwar dalli!« brüllte er.

Swoboda machte keinerlei Anstalten, dem Befehl Folge zu leisten, worauf der Sturmmann ihm mit seinem dreckigen Stiefel einen Tritt in die Rippen versetzte.

Auch das störte Swoboda nicht weiter. Sein Volk war es seit Jahrhunderten gewöhnt, mit dreckigen Stiefeln in die Rippen getreten zu werden. Doch was war das? Plötzlich spürte er scharfe Glassplitter in seiner Brusttasche. Das allerdings war schon schlimmer.

Die Tochter des Bahnhofsvorstehers hatte Swoboda zu Weihnachten eine Nickeluhr geschenkt als Dank für seine Dienste als Cupidos Postbote zwischen ihr und dem parfümierten Eilgutschalterbeamten. Es war die erste Uhr, die er je besessen hatte, und sie erfüllte Swoboda mit unbeschreiblicher Glückseligkeit. Wann immer er einen Bekannten traf, schwenkte er sie stolz vor dessen Nase und stellte mit gerunzelter Stirn fest: »Was, so spät? Gut, daß meine Uhr so schön geht!«

Was etwas übertrieben war, denn er stellte sie mehrmals täglich nach der Bahnhofsuhr. Swobodas Uhr war ein wertloses Spielzeug, aber er war ganz verliebt in sie. Er konnte stundenlang im Schatten der Bahnhofsmauer sitzen, die Uhr am Ohr, und mit glänzenden Augen selig dem Ticken lauschen.

»Jessesmaria! Meine Uhr!« jaulte er auf.

Zitternd hielt er das Nickelgehäuse ans Ohr. Die Uhr tickte, doch das Glas war in tausend kleine Splitter zerbrochen. Swoboda betrachtete verzweifelt seinen kaputten Schatz. Wo sollte er ein neues

Glas hernehmen? Gott allein wußte, was ein solches Ding kostet. Er sprang auf, rot wie eine Bete, und schrie den SA-Mann an.

»Was hast meine Uhr zertrampelt? Zahl's, zahl's schnell, oder ich sag's der Polizei!«

Schmatz verstand kein Wort. Also versuchte er, noch lauter zu brüllen.

»Weisen Sie sich aus, und zwar sofort!« schrie er auf deutsch.

»Zahl's, oder ich schlag dich tot!« brüllte Swoboda noch lauter zurück und hielt dem Sturmmann die kaputte Uhr unter die Nase. Der Sturmmann schlug Swoboda wütend die Uhr aus der Hand.

In seinem ohnmächtigen Zorn vergaß Swoboda seine jahrhundertelang getretenen Vorfahren – oder aber er erinnerte sich nur allzu gut an sie. Er hob seine Riesenpranke – und eine Sekunde später landete der tapfere Nibelungensohn der Länge nach im Schnee ohne auch nur ein »Heil Hitler«.

Daß Swoboda ihn doch nicht umbrachte, lag nur daran, daß seine Gedanken schon wieder bei der Uhr waren. Er kniete nieder und tastete im Stroh nach seinem Schatz. Als er sie gefunden hatte, war der Deutsche in der Dunkelheit verschwunden. Und das war sein Glück: Die Uhr war stehengeblieben. Swoboda schüttelte sie, redete ihr gut zu wie einem widerspenstigen Füllen und beschimpfte währenddessen die mütterlichen Vorfahren des Deutschen – vergeblich: Das melodiöse Ticken war verstummt – es war still wie das Herz eines Toten. Für Swoboda war es, als hätte man sein Kind umgebracht. Der große Lulatsch hielt seine leblose Uhr in der Hand und brach in Tränen aus.

In dem Moment stürmten, von Schmatz angeführt, drei Sturmmänner in den Wartesaal. Beim Anblick des Uhrschänders wollte Swoboda sich wieder auf ihn stürzen. Doch halt, er sah, daß die Männer bewaffnet waren, und kuschte wie ein Hund beim Peitschenknallen. Lesen und Schreiben hatte der arme Riese nie gelernt, aber jeder ihm geistig Überlegene hatte ihm eingebleut, daß ein Mann mit einem Gewehr entweder ein vornehmer Herr war oder einer, mit dem nicht zu spaßen war, und daß man sich besser weder mit dem einen noch mit dem anderen anlegen sollte. Er hielt also den Mund.

Ungeachtet seines vorübergehenden Rückzugs war Schmatz jetzt ganz der teutonische Held. Er verpaßte Swoboda zwei schallende Ohrfeigen.

»Bringt ihn auf die Gendarmeriewache«, befahl er seinen Kameraden.

Swoboda ließ sich ohne zu mucken ohrfeigen und verhaften. Als Geschädigter staunte er zwar ein wenig über diese Behandlung; aber so viele seiner Vorfahren waren grundlos geohrfeigt und verhaftet worden, daß er gar nicht erst versuchte zu verstehen, was die ganze Aufregung sollte. Der Gute, er hatte noch keine Ahnung von der neumodischen Regierung, deren Macht diese Männer verkörperten, aber so, wie die sich aufführten, gab's keinen Zweifel an ihrem offiziellen Status. Er folgte ihnen ergeben und dachte an seine Uhr. Das war das einzige, was ihn wirklich schmerzte.

Der diensthabende SA-Mann auf der Gendarmeriewache war ein Sudete und sprach fließend Tschechisch; aus Swobodas Geschichte wurde aber auch er nicht klug. Nur eines war ihm klar: Der arme Latsch war harmloser als ein Schaf. Aus Eitelkeit hatte der Kläger es unterlassen, die Prügel zu erwähnen, die ihm diese »ungehobelte Ausgeburt einer minderen Rasse« verabreicht hatte. Der Sudete schloß daraus, daß die Verhaftung aus übertriebenem Diensteifer erfolgt war. Der ungeschlachte Kerl, der wegen seiner kaputten Nickeluhr heulte, tat ihm leid, und er hätte ihn am liebsten gehen lassen. Dank jahrelanger Übung war er aber durch und durch mit nationalsozialistischer Gewissenhaftigkeit getränkt, so daß er sich selbst in einer so harmlosen Angelegenheit nicht traute, selbständig zu handeln. Er beschloß, Swoboda über Nacht in Gewahrsam zu behalten und den Fall am nächsten Morgen mit dem Obertruppführer zu besprechen.

Swoboda wurde in die Arrestzelle nebenan gebracht, man sagte ihm, er könne sich auf der Pritsche hinlegen. Er streckte sich in seiner ganzen Länge aus, und gleich darauf schlief er tief und fest. In seinen Träumen schlug ihm die Tochter des Bahnhofsvorstehers mit einer großen goldenen Uhr auf den

Kopf, und davon wachte er auf. Er nahm sich vor, am nächsten Morgen seine Viuda aufzusuchen und sie zu bitten, in ihrem Traumbuch nachzusehen, was dieser Traum bedeutete.

Leider vergaß Swoboda seinen Traum, noch bevor er dessen Bedeutung erfahren hatte, weil er nämlich am nächsten Tag nicht entlassen wurde. Nachdem er den Gefangenen kurz befragt hatte, nahm Backerbs seine beiden Freunde beiseite und flüsterte ihnen zu: »Dies ist unser Mann.«

7. Kapitel
Kommerzialrat Vesely

Als der Oberst verhaftet wurde, hielt sich Kommerzialrat Vesely gerade in Prag auf. Während die ganze Nation nach dem Einmarsch der Deutschen den Atem anhielt, war er mit dem Neunzehn-Uhr-zehn zurückgekommen ohne die leiseste Ahnung, was in der Zwischenzeit seinem besten Freund zugestoßen war. Am Bahnhof sah er sich nach dem Gepäckträger Swoboda um. Zu jenem Zeitpunkt wartete Swoboda immer noch bei seiner Viuda auf die Lumpensammler. Daher hieß Kommerzialrat Vesely den Bahnsteigschaffner, das Gepäck ins Büro des Bahnhofsvorstehers zu bringen.

Der Bahnhofsvorsteher begrüßte den distinguierten alten Herrn mit aufgeräumter Höflichkeit. Die Verhaftung des Obersts erwähnte er aus persönlichen Gründen mit keinem Wort. Kommerzialrat Vesely ging nichtsahnend nach Hause, nahm ein Bad und aß zu Abend. Jan, sein Hausdiener und Faktotum, wäre für seinen Herrn durchs Höllenfeuer gegangen; für ihn war es Ehrensache, erst zu sprechen, wenn sein Herr gesprochen hatte. Kommerzialrat Vesely war alles andere als gesprächig an jenem Abend. Er dachte geistesabwesend über die Ereignisse in Prag nach und saß schweigsamer denn je am großen Eßzimmertisch. Obwohl Jan von der Verhaftung des Obersts wußte, hielt er es für klüger, vorerst nichts davon zu sagen.

Nach dem Abendessen setzte sich der alte Herr eine Weile neben das Radio. Dann streckte er sich, ging zur Anrichte und schenkte sich wie immer, bevor er zu Bett ging, einen Fingerhoch starken Nußschnaps ein. Er war bereits auf dem Weg ins Schlafzimmer, als ihm einfiel, daß er ein paar Tage länger abwesend gewesen war. Der Oberst hatte sich bestimmt gewundert. Jan trat eben ins Zimmer, um die Vorhänge zuzuziehen.

»Hat der Oberst nach mir gefragt?« erkundigte sich Kommerzialrat Vesely, ein Gähnen unterdrükkend.

Und da erzählte ihm Jan von den Vorfällen in der Stadt. Kommerzialrat Vesely stand, starr vor Entsetzen, einen Moment lang sprachlos da. Dann lief er ins Vestibül hinunter und schlüpfte in seinen pelzgefütterten Mantel. Jan ahnte, was er vorhatte.

»Es ist zwecklos, zur Gendarmeriewache zu gehen, gnädiger Herr.« Und er berichtete, was sich abends auf dem Masarykplatz zugetragen hatte.

»Dann geh und bestelle Justizrat Novotny, ich

müsse ihn in einer dringenden Angelegenheit sprechen.«

Der Justizrat war gerade aus dem Gasthof zurückgekommen, wo er Backerbs sein Entschuldigungsschreiben übergeben hatte. Backerbs' freundliche Aufforderung, sich jederzeit an ihn zu wenden, wenn er etwas auf dem Herzen habe, hallte wie süße Musik in seinen Ohren nach. Verständlich, daß er über Kommerzialrat Veselys Aufforderung nicht gerade erfreut war. Vesely war seit vielen Jahren eng mit dem Oberst befreundet, er konnte sich daher unschwer vorstellen, was er zu dieser späten Nachtstunde von ihm wollte.

Der Justizrat berichtete soeben seiner Gattin, wie er sich die Gunst der Eroberer erschlichen hatte. Nein, Justizrat Novotny war kein Mann, der Kopf und Kragen für jemanden riskierte, der beschuldigt wurde, gegen das Idol der neuen Herren konspiriert zu haben. Doch Vesely gehörte nun einmal zu den einflußreichen Persönlichkeiten in der Stadt, und Novotny konnte es sich nicht erlauben, seiner Aufforderung nicht Folge zu leisten.

»Wir haben Gäste«, entschuldigte er sich bei Jan. »Sobald sie gegangen sind, komme ich herüber.« Er mußte die Angelegenheit zuerst mit seiner fülligen Gattin besprechen, die er in allen gewichtigen Angelegenheiten zu Rate zog.

Jan hatte im Flur keine Mäntel hängen sehen, also, dachte er sich, sind die Gäste erfunden. Er sagte Kommerzialrat Vesely nichts davon, denn er hatte ihn noch nie zuvor so erschüttert gesehen und wollte ihn nicht noch zusätzlich aufregen. Der alte Herr ging in seinem Arbeitszimmer auf und ab, rauchte eine Zigarre nach der anderen und wartete auf den Justizrat.

Kommerzialrat Vesely war ein stattlicher Mann, großgewachsen, gesund und kräftig. Auf den ersten Blick hätte man ihn nicht für älter als fünfzig gehalten, obwohl er die Sechzig schon überschritten hatte. Er stand immer noch jeden Tag um sechs Uhr morgens auf und ging erst einmal vier Stunden reiten, jahrein, jahraus. Die rauhe Bergluft hatte seine angenehmen Gesichtszüge gerötet. Er hatte noch alle seine Zähne, abgesehen von ein oder zwei fehlenden Backenzähnen, und er brauchte auch noch keine Brille. Ein zerzauster schneeweißer Haarkranz krönte seinen kahlen Kopf und zog sich als Backenbart bis zum Kinn hinab. Er trug keinen Schnurrbart, und deswegen – wie auch wegen seines Hausdieners, seiner Ausritte und der Tatsache, daß er geschieden war – hielt man ihn in der Stadt für einen Exzentriker. Mit seinem Freund, dem Oberst, hatte er wenig gemeinsam, bis auf die unheilbare Einsamkeit und die Wortkargheit.

In der Stadt wurde viel Klatsch über ihn herumgereicht. Jedermann behauptete, eine romantische und gar etwas anrüchige Geschichte über ihn zu kennen, und diese Fiktionen tauschte man sich ehrfürchtig flüsternd aus. In der Tat wußte niemand etwas über ihn, was die Phantasie um so mehr anfeuerte. Im Laufe der Jahre verwandelte der Klatsch den distinguierten, gebildeten, jedoch gänzlich unromantischen alten Herrn in einen regelrechten Baron Lothario. In einer Stadt, wo jeder jeden kannte, verlieh ihm allein schon die Tatsache, daß er drei- oder viermal im Jahr – ohne ersichtlichen Grund – zu verreisen pflegte, eine romantische Aura. In Wirklichkeit langweilte sich der alte Bursche einfach. Er verfügte über ein ansehnliches Vermögen, und dank seiner Pension konnte er sich regelmäßig jeden Sommer kurze Ferien und zwei oder drei Abstecher jährlich nach Prag leisten.

Als sie einmal zwei Wochen in Karlsbad zur Kur waren, hatten ihn der Bürgermeister und seine Gattin in Begleitung einer »geschminkten jungen Dame« gesehen, wie sie nach ihrer Rückkehr atemlos berichteten. Besagte »geschminkte junge Dame« war in Wirklichkeit bereits ziemlich über vierzig. Wenn seine Gattin nicht dabei war, fügte der Bürgermeister anerkennend mit der Zunge schnalzend hinzu, »eine fesche Person, muß ich schon sagen«. Wenn wiederum kein Mann in der Nähe war, flüsterte die Bürgermeistersgattin ihren Freundinnen zu: »Jetzt frage ich euch, was für eine Sorte Frau kann das sein, die sich an der Seite eines alten Wüstlings zeigt?« Was die Bürgermeistersgattin mit »Wüstling« meinte, war niemandem ganz klar.

Die »geschminkte junge Dame« wurde zu einer Legende, vor allem, nachdem das Ehepaar Novotny in der Prager Oper Kommerzialrat Vesely mit einer Dame gesehen hatte, die genau der Beschreibung entsprach. Frau Justizrat Novotny und die Bürgermeistersgattin kamen nach langen Erörterungen zum Schluß, daß es sich um das gleiche »Geschöpf« wie in Karlsbad handelte. Worauf niemand mehr Zweifel daran hegte, daß die »geschminkte junge Dame« Kommerzialrats Veselys geheime Leidenschaft und der wirkliche Grund für seine häufigen Reisen war.

Nichtsdestotrotz war Herr Vesely bei allen sehr geachtet. Er hatte seit seiner Kindheit in der Stadt gelebt, und jedermann kannte und schätzte ihn. Bloß ... da war diese Geschichte mit dem »Wüstling«. Na ja, stille Wasser sind tief ... Er selber hatte von all dem Klatsch um seine Person keine Ahnung. Was man sich über ihn erzählte, war ihm absolut gleichgültig, und gerade deswegen war er, im Gegensatz zum Oberst, in der Stadt zwar geachtet, aber nicht wirklich beliebt. Wo immer er erschien, verstummten die Gespräche kurz.

Der junge Vesely und der junge Fiala waren mit sechs Jahren zusammen eingeschult worden und seither Freunde geblieben. Der Pförtnersohn hatte eine gewisse Befangenheit gegenüber seinem Freund nie ablegen können, denn dieser stammte aus einer aristokratischen Familie, war Sohn eines Dragonerleutnants, welcher sich erschossen hatte, als das Kind drei Jahre alt war. Auch um diesen Selbstmord rankten sich zahlreiche Geschichten. Die einen sagten, der Leutnant habe, obwohl verheiratet, die Frau seines Obersts verführt. Andere behaupteten, er sei ein Verschwender und Spieler gewesen und habe sich wegen seiner Schulden umgebracht. Wie auch immer, die Witwe blieb mittellos mit drei Kindern zurück und mußte sie mit einer Pension großziehen, die kaum für einen ledigen Leutnant gereicht hätte. Obwohl der Sohn des verstorbenen Offiziers besser gekleidet war und in einer vornehmeren Umgebung aufwuchs als der Pförtnerjunge, lebte er tatsächlich in viel prekäreren Umständen als sein Freund. Zwischen ihnen lag eine Welt sozialer Unterschiede, die nur ihre tiefe Freundschaft hatte überbrücken können.

Sie hatten zusammen den Schulabschluß gemacht und waren beide gleichzeitig in der Porzellanmanufaktur eingetreten, der junge Vesely war jedoch viel schneller vorangekommen und viel höher gestiegen als sein Freund. Bei Kriegsausbruch, als Fiala immer noch davon träumte, Oberbuchhalter zu werden, war Vesely bereits stellvertretender Direktor und für die Firma so unentbehrlich, daß er vom Wehrdienst befreit wurde.

Auch wenn der Standesunterschied ihrer Freundschaft nichts anzuhaben vermochte, der Herkunftsunterschied hatte eine Narbe auf der Seele des

Obersts zurückgelassen, die nach über fünfzig Jahren Freundschaft immer noch schmerzte. Er hatte es nie angesprochen, doch Kommerzialrat Vesely war sich dessen durchaus bewußt. Von Kindheit an hatte er den Proletariersohn mit fast übertriebener Höflichkeit behandelt, und der Oberst bemühte sich, ihn in ihrem gemeinsamen Umgang an Höflichkeit zu übertreffen. Diese steife Zuvorkommenheit verlieh ihrer Freundschaft eine seltsame Kälte. Ein Fremder, der die beiden im Kaffeehaus beobachtete, wie sie Artigkeiten austauschten, hätte sie für zufällige Bekannte halten können. Doch wußten sie beide über sich alles, was zu wissen war, und konnten sich ihrer gegenseitigen Ergebenheit sicher sein, auch wenn sie die niemals in Worte faßten. Ihre Freundschaft enthielt, wie das Brot, keinen Zucker.

Schweren Herzens wartete Jan im Vestibül und hörte Herrn Vesely ruhelos auf und ab gehen. Mit der Zeit wurde der junge Bauernsohn vom Fieber seines Herrn angesteckt. Seine Hände begannen zu zittern. Als schließlich Justizrat Novotny eintraf, konnte er ihm kaum den Mantel abnehmen.

»Bitte, beeilen Sie sich, gnädiger Herr«, drängte er ihn wie der besorgte Angehörige eines Kranken den Doktor.

Bevor der kleingewachsene, rundliche Justizrat eintrat, zupfte er sein Gesicht zurecht, wie man den Schlips zurechtzupft. Er strengte sich an, feierlich und bewegt auszusehen. Das war ein Fehler. Vesely war von der schroffen, männlichen Art, und bei Gefühlsäußerungen sah er rot. In der Luft hingen Schwaden von kaltem Zigarrenrauch. Im stillen pflichtete Justizrat Novotny seiner Frau bei, die jedem, der es hören wollte, erklärte, sie würde niemandem erlauben, *ihr* Haus zu verpesten.

Umständlich begann der Justizrat zu erklären, was vorgefallen war. Kommerzialrat Vesely war von Beginn an mißtrauisch: Der Mann war zu vorsichtig. Herr Vesely wußte nicht genau warum, aber Novotnys Geschichte verursachte ihm Übelkeit.

»Als Privatmann«, sagte Novotny, »betrachte ich die Anklage als unbegründet. In meiner Eigenschaft als Anwalt hingegen muß ich zugeben – verstehen Sie mich bitte richtig –, daß zahlreiche Indizien die Vermutungen bestätigen ...«

Alles eindeutig. Alles sehr objektiv. Vesely hingegen interessierte es überhaupt nicht, ob der Oberst versucht hatte, Hitlers Sonderzug in die Luft zu sprengen oder nicht. Ihn interessierte einzig und allein, wie man den Oberst am besten freibekommen konnte. Für ihn war es moralisch und religiös durchaus vertretbar, jemanden in die Luft zu sprengen, der früher oder später die ganze Welt in die Luft sprengen würde, wenn man ihm nicht zuvorkam. Selbst wenn der Oberst des Mordversuchs an seiner Mutter beschuldigt worden wäre, hätte sein Freund Vesely mit allen Mitteln versucht, ihn zu entlasten.

Der Anwalt griff auf alle möglichen juristischen Spitzfindigkeiten zurück. »Die SA, werter Freund, ist nur der administrative Arm der derzeitigen Regierung und verfügt über keine richterliche Gewalt. Paragraph 263 (X) des Strafgesetzbuches hält fest, daß nur eine formell designierte Instanz Anklage erheben kann. Daher wird der Fall früher oder später vor ein zuständiges Gericht gebracht werden, und dann werden wir reichlich Gelegenheit haben, die Unschuld des Obersts zu beweisen – vorausgesetzt natürlich, er ist tatsächlich unschuldig.«

Justizrat Novotny hüpfte von Klausel zu Klausel wie ein Junge, der im Park Fangen spielt. Von seinem Spiel wurde ihm langsam heiß: Große Schweißtropfen liefen über seinen kahlen Schädel.

»Kein finanzielles Opfer ist zu groß«, unterbrach ihn Kommerzialrat Vesely jäh.

»In diesem Fall«, stellte der Rechtsanwalt sichtlich erleichtert fest, »schlage ich vor, daß Sie einen berühmteren Advokaten als mich suchen, einen Mann mit mehr Erfahrung in Kriminalfällen. Natürlich – Sie verstehen gewiß – die Angelegenheit geht mir sehr zu Herzen – dennoch – Sie verstehen – ich bin nur ein unbedeutender Justizrat ...«

Der alte Herr hörte ihm stumm zu. Er wandte nichts ein, stellte keine Fragen. Er lehnte sich in seinem Sessel zurück, blies Rauchwolken an die Decke und schaute ihnen geistesabwesend nach. Als dem schwitzenden Dickwanst schließlich die Argumente ausgingen, fragte ihn Herr Vesely liebenswürdig: »Ach, ganz nebenbei, sind Sie deutscher Abstammung?«

»Deutscher?« echote der Justizrat. »Wie können Sie so etwas fragen? Ich möchte ja nicht angeben, aber unsere Familie gehört zu den ältesten Böhmens.«

»Beiderseits?« fragte der alte Herr im gleichen seltsam sanften Ton weiter.

»Aber natürlich«, bestätigte der Anwalt stolz, »alle meine Ahnen väterlicher- und mütterlicherseits waren reinblütige Tschechen, unser Stammbaum läßt sich bis 1526 zurückverfolgen.«

Das alles wußte Kommerzialrat Vesely genau. In der Stadt wußte jeder alles über jeden, und davon abgesehen gab es in der ganzen Provinz kaum einen Mann, eine Frau oder ein Kind, die sich noch nichts über Novotnys Stammbaum anhören mußten. Trotzdem fuhr Herr Vesely gnadenlos fort: »Keine Juden in der Familie?«

»Juden?« schnaubte der Justizrat empört. »In meiner Familie? Das ist die Höhe, ich weiß wirklich nicht ...« Es verschlug ihm kurz die Sprache. »Wie können Sie nur so etwas ... so etwas ... Ungehöriges fragen?«

»War bloß eine Frage«, antwortete der alte Herr schelmisch. Dann schnippte er die Asche von der Zigarre und erhob sich mit einem eigenartigen kleinen Lächeln. »Das wär's, Herr Justizrat. Danke.«

Der Anwalt stand ebenfalls auf – was hätte er sonst tun sollen – und eilte ins Vestibül. Auf halbem Weg blieb er stehen, als wollte er noch etwas sagen. Einerseits war er aufs gröbste beleidigt worden und hatte nicht die Absicht, das so durchgehen zu lassen. Er würde es dem alten Wüstling mit gleicher Münze heimzahlen, o ja. Andererseits verspürte er den ebenso unwiderstehlichen Wunsch, seinen offensichtlichen Fehler wiedergutzumachen. Von seinen Gefühlen hin und her gerissen, stand er stumm da.

Kommerzialrat Vesely blieb ungerührt. Geistige und moralische Konflikte waren seine Sache nicht.

»Jan, bring dem Herrn den Mantel«, befahl er kurz und ließ den Justizrat stehen.

Er wartete, bis sein Besucher gegangen war, dann zog er seinen Mantel an und verließ das Haus, um einen ihm bekannten Anwalt in Prag anzurufen. Da er wußte, daß das Postamt um sechs Uhr abends zumachte, ging er geradewegs zum Haus des Postamtvorstehers, um in Anbetracht der Dringlichkeit eine Sondergenehmigung für einen Anruf einzuholen. Der Postamtvorsteher mußte ihm natürlich mitteilen, daß dies leider unmöglich sei, weil selbst während der ordentlichen Öffnungszeiten persönliche Anrufe nur mit Genehmigung der SA erlaubt seien.

Der alte Mann schritt durch die Nacht. Er konnte nicht nach Hause gehen, er mußte irgend etwas tun. Vor dem Morgen würde er nichts ausrichten können, das war ihm klar, seine Beine jedoch weigerten sich, dies zur Kenntnis zu nehmen, und schleppten ihn ziellos durch die ausgestorbenen Straßen. In der klirrend frostigen Stille hallten seine Schritte gespenstisch auf dem vereisten Kopfsteinpflaster. Als er an den scheinbar in Schlummer gehüllten kleinen Landhäusern vorbeikam, sah er hinter den verdunkelten Fenstern Köpfe auftauchen und verschwinden. Die kleine Stadt schlief unruhig in jener Nacht.

Er gelangte auf den Masarykplatz gegenüber der Gendarmeriehauptwache. Er klingelte. Der aus dem Schlaf gerissene SA-Mann blickte den späten Besucher fragend an. Als Vesely ihm den Grund seines Kommens erklärte, antwortete er mit einer Verwünschung und schlug ihm die Tür vor der Nase zu. Kommerzialrat Vesely überquerte die Straße, setzte sich im gegenüberliegenden Gasthof an ein Fenster, als könnte er auf diese Weise seinem Freund helfen.

Der Gasthof hatte bereits geschlossen. Ein einzelnes gelbes Licht glimmte im Eingang. Der Besitzer war noch wach. Seit die Sturmleute im Gasthof *Zum Auge Gottes* abgestiegen waren, hatte die Angst dem armen Mann den Schlaf geraubt. Kommerzialrat Vesely bestellte zwei Portionen Glühwein und eine Schachtel Zigarren. Er schob den Vorhang beiseite und starrte bis zum Morgengrauen zur Gendarmeriewache hinüber. Der Wein war inzwischen ausgetrunken und die Zigarren geraucht.

Der Himmel über dem Masarykplatz leuchtete

wie ein eben angezündeter Ofen. Rauchrote Wolken trieben trostlos am windgepeitschen Morgenhimmel. Es war bitterkalt. Der verschneite Platz schimmerte rosablau. Plötzlich durchbrach ein Lichtstrahl die Wolken und tauchte das Kreuz auf dem Kirchturm in aufflammendes goldenes Licht.

Der alte Herr stand auf, überquerte den Platz und betrat die Kirche. Später behauptete er, er habe bloß den Doktor gesucht, was aber nicht ganz stimmen konnte. Es war klar, daß Doktor Burian um diese Uhrzeit noch schlafen würde; und außerdem, wenn es Herrn Vesely tatsächlich nur um eine Sprechstunde beim Arzt gegangen wäre, hätte er bloß ein paar Häuser weiter direkt bei ihm zu klingeln brauchen. Doch warum sollte man überhaupt nach dem Grund fragen, wenn ein Mensch in die Kirche ging?

Zur gewohnten Stunde tauchte der Doktor tatsächlich auf. Er berichtete Herrn Vesely, was die Deutschen dem Oberst angetan hatten. Kommerzialrat Vesely sagte nichts, aber seine Lippen wurden zu einem dünnen Strich, während er zuhörte. Als der Arzt geendet hatte, verabschiedete sich Vesely abrupt und wollte schon gehen. Doch der Arzt hielt seine Hand fest.

»Wohin wollen Sie?«

»Zur Gendarmeriewache.«

»Sie verschwenden Ihre Zeit, man wird Sie nicht hineinlassen.«

»Ich weiß«, entgegnete Kommerzialrat Vesely trocken. »Aber ich werde dort hineingehen, und sollte es meine letzte Handlung sein.«

Der Arzt kannte den alten Herrn nur zu gut. Wenn er sagte, er würde dort hineingehen, gab es nichts, was ihn davon abhalten konnte. Aber der Ärger war vorhersehbar, und den galt es zu verhindern. Das beste war wohl, sagte sich Doktor Burian, wenn er selbst zur Gendarmeriewache ging, um für Kommerzialrat Vesely um die Erlaubnis zu bitten, den Oberst zu sehen. In dem Augenblick, als er diesen Entschluß gefaßt hatte, spürte er das vertraute Stechen in der Brust.

Es fängt wieder an, dachte er, und weil er immer noch Veselys Hand in der seinen hielt, fühlte er ihm automatisch den Puls. Was für ein Puls! Obwohl er kaum vier oder fünf Jahre jünger ist als ich, dachte er. Was für ein kräftiger Mann. Und gesund! Während ich ... Schmerz durchbohrte seine Brust. Schlechtes Zeichen, dachte er, ein sehr schlechtes Zeichen.

Er wünschte, er wäre allein hier, um vor dem Altar niederzuknien, wie er es gewohnheitsmäßig tat, wenn die Kirche noch menschenleer war, und um alles zu vergessen, selbst den Tod. Doch was er tat, war genau das Gegenteil.

»Sie sollten zum Gasthof zurückgehen und erst einmal frühstücken«, sagte er in ruhigem, professionellem Ton. »Ich gehe derweil zur Gendarmeriewache und besorge für Sie eine Besuchserlaubnis.«

Bei diesem Gedanken klopfte sein Herz wie rasend, seltsamerweise fühlte er sich dennoch besser.

Auf der Wache dachte er zuerst, man wolle ihm einen grausamen Streich spielen. Backerbs bot ihm einen Stuhl und Zigaretten an.

»Heute nacht haben wir den wahren Attentäter festgenommen«, erklärte dieser aufgeräumt. »Es ist mir ein großes Vergnügen, Ihnen mitzuteilen, daß der Oberst« – plötzlich kehrte er seinen Dienstgrad hervor – »frei ist und nach Hause gehen kann.«

Backerbs war aufrichtig froh, den Oberst laufen zu lassen. Swoboda schien die perfekte Lösung für sein Problem zu sein, blieb nur noch, so schnell wie möglich Gras über die ganze Geschichte wachsen zu lassen. Den »Stolz der Stadt« auf freien Fuß zu setzen war der erste Schritt in diese Richtung. Tatsächlich freute dieser erste Schritt den Ankläger mehr als den Beklagten, denn letzterer war jenseits jeglichen Gefühls von Freude oder Groll. Als der Arzt ihn hinausbegleitete, trug ihn eher sein Wille denn seine Beine.

Kommerzialrat Vesely wartete vor der Tür auf sie. Beim Anblick des Obersts vermochte er seine Bestürzung kaum zu verbergen. Der Oberst strengte sich an, seinem Freund zuzulächeln, doch es gelang ihm nicht. Die kurze Entfernung über den Platz, den die zwei Freunde so oft gemeinsam überquert hatten, erschien ihnen endlos lang. Obwohl sie ihn stützten, mußte der Oberst alle paar Schritte stehenbleiben. Sie brauchten eine volle halbe Stunde, um ihn auf sein Zimmer zu bringen. Dann zogen sie ihn vorsichtig aus und steckten ihn ins Bett.

Der Arzt ging Medikamente besorgen. Vesely setzte sich an Fialas Bett. Und dann tat er etwas, was er in dem halben Jahrhundert ihrer Freundschaft nie getan hatte: Er streichelte den Kopf seines alten Freundes. Der Oberst versuchte nochmals zu lächeln.

»Ist weiter nichts«, sagte er mühsam. »Wie war's in Prag?«

Dann verlor er das Bewußtsein.

8. Kapitel
Swoboda verspürt Zugluft

Swoboda drehte hilflos das maschinenbeschriebene lange Blatt in Händen, das Backerbs ihm gegeben hatte.

»Kann's nicht lesn, gnä Herr«, gab er schließlich zu und grinste dümmlich.

»Schreiben kannst auch nicht?«

»Schreibn auch nicht, gnä Herr.«

»Dann setz ein Kreuz neben deinen Namen, los, mach schon!«

»Kann's nicht zeichn, gnä Herr.«

»Schau her, ich zeig dir, wie.«

»Jo, gnä Herr.«

Sie waren allein im Wachlokal. Backerbs steckte die Feder ins Tintenfaß und zeigte ihm langsam, sorgfältig, wie einem kleinen Kind, wie und wo er das Kreuz hinmalen sollte. »Kapiert?«

»Jo, gnä Herr.«

Backerbs rief einen SA-Mann und einen tschechischen Polizisten herein, um zu bezeugen, daß

»obengenannter Swoboda« das vorliegende Schriftstück eigenhändig unterzeichnet hatte.

Swoboda hatte ein volles Geständnis unterzeichnet, das besagte, er habe in der Nacht vom vierzehnten März – der Nacht, die er bei seiner Viuda verbracht und auf die Lumpensammler gewartet hatte – vorsätzlich die Eisenbahnbrücke mit Sprengstoff vermint, den er aus dem Lagerschuppen am Bahnhof gestohlen hatte mit der Absicht, den Sonderzug des Führers, den er leidenschaftlich verabscheute, in die Luft zu sprengen.

Backerbs war sich bewußt, daß dieses Geständnis den Fall nicht offiziell erledigte. Es war ihm klar, daß manchmal sogar deutsche Gerichte den Angeklagten eine Anhörung gewährten. Daß es diese Möglichkeit gab, war höchst beunruhigend. Andererseits wußte er, daß die Reichsgerichtshöfe total überlastet waren; warum sie also zusätzlich behelligen? Sein Plan war es, den Fall ohne größeres Aufhebens nach seiner eigenen Rechtsprechung zu erledigen. Nicht einmal deutsche Gesetze, so viel stand fest, erteilten ihm eine solche Befugnis, aber Backerbs hatte sich eine Lösung ausgedacht, die den Buchstaben des Gesetzes in keiner Weise verletzte. Ohne Angeklagten gibt es keine Anklage und ohne Anklagepunkte keinen Ankläger. Wenn nun aber ein Angeklagter, der ein vollumfängliches Geständnis unterzeichnet hatte, bei einem Fluchtversuch erschossen werden sollte, würde der Fall automatisch als abgeschlossen gelten. Das ordentlich bezeugte und unterzeichnete Geständnis und der Bericht der Untersuchungsbehörde würden dann an das Hauptquartier weitergeleitet. Dort würde die Akte mit echter deutscher Gründlichkeit gelesen, karteimäßig erfaßt und katalogisiert werden. Dann würde man *erledigt* daraufstempeln und sie zuklappen. Und das wär's dann.

Armer Swoboda! Wie hätte er ahnen können, daß er *erledigt* war? Dank des kostenlosen Frühstücks, das sie ihm vorgesetzt hatten, fühlte er sich prächtig. Weil er beim Sechs-Uhr-vierzig ohnehin leer ausgegangen wäre, war seine Verhaftung bisher sozusagen ein Reingewinn. Das einzige, was er zu beanstanden hatte, war die zerbrochene Fensterscheibe im Arrestkotter. Er hatte nicht etwa gefroren, das nicht, aber er hatte Angst vor der Zugluft, wenn man die Tür aufmachte. Sonst war alles bestens. Was soll's, manchmal wurde man eben herumgeschubst oder eingesperrt oder in die Armee gesteckt. So war das Leben. Man mußte sich halt damit abfinden.

Er wunderte sich bloß, daß sie so viel Geschiß wegen einer Nickeluhr machten. Freilich, er hatte dem Watschengesicht eine runtergehauen, ohne zu ahnen, daß es ein Kommandier war. Aber der Kommandier hatte seine Uhr kaputtgemacht, der soll lieber still sein. Woher sollte er denn wissen, daß der Kommandier ein Kommandier war? Wär' der nicht mit einem Gewehr zurückgekommen, hätte er's bestimmt nicht geglaubt. Was waren das überhaupt für Kommandiers? Die konnten ihn mal. Besonders der mit dem runden Schädel. Er war offenbar der Anführer, aber der redete lausiger Tschechisch als Swoboda selbst, obwohl der doch Slowak und nur ein einfacher Bürger war. Und der Kommandier, der ihn getreten hat, verstand auch kein Wort Tschechisch. Wie kann jemand, der kein Tschechisch spricht, hier in der Tschechoslowakei ein Kommandier sein?

Er erinnerte sich verschwommen, daß vor dem Krieg, ja, und auch während des Krieges, ein Fremder das Land regiert hatte. Ein Österreicher oder so ähnlich mit einem Backenbart wie Sankt Nikolaus, ein alter Opapinek namens Franz Joseph. Swoboda hatte den Soldateneid auf ihn geleistet und versprochen, dem alten Opapinek treu zu dienen. Nun, er hatte seine Pflicht getan. No-jo, war ihm ja nichts anderes übriggeblieben. Doch dann starb der alte Bursche, und irgendein Verwandter übernahm seinen Posten – ein netter junger Mann mit einem Oberlippenbärtchen, wie hieß der schon wieder? Egal. Und Swoboda mußte auch auf ihn einen Eid leisten.

Aber der junge Mann geriet in Schlamassel. Er konnte offenbar kein Tschechisch. Er verstand die Tschechen nicht, und die verstanden ihn nicht. Das konnte natürlich nicht gutgehen. Sie schmissen den jungen Mann mit dem Oberlippenbärtchen hinaus, und ein gewisser Masaryk wurde zum – wie heißt das schon wieder? –, egal, jedenfalls übernahm dieser Masaryk den Posten. Swoboda war das egal. Er leistete auch auf ihn einen Eid.

Aber die jetzt, die da auf deutsch herumknatterten, was führten die eigentlich im Schilde? Man könnte meinen, der alte Nikolaus mit seiner Sippe sei zurückgekehrt. Aber es waren nicht dieselben. Swoboda hatte den Kommandier, der ihn am Abend zuvor verhört hatte, gefragt, ob er zum österreichischen Opapinek gehörte. Nein, hatte der Krauthappel ihm erklärt, er sei kein Österreicher, sondern ein Deutscher! Sein Kommandier war ein Kerl namens Hitler. Swoboda konnte das egal sein. Doch dann hatte ihm der Kommandier gesagt, die Österreicher seien jetzt auch Deutsche. Möcht einer das verstehen! Aber sei's drum, ihn kümmerte das alles nicht weiter. Ein armer Teufel war ein armer Teufel und blieb ein armer Teufel, ob unter Franz Joseph oder diesem Herrn Masaryk – obwohl, Masaryk war wenigstens ein Tscheche. Wahrscheinlich würde Swoboda jetzt schon wieder einen Eid ablegen müssen, aber egal. Wenn man ihm nur seine Uhr reparierte!

Während Swoboda seine Welt neu ordnete, besuchte ihn Backerbs in seinem Arrestkotter. Er setzte sich neben Swoboda auf die Pritsche und unterhielt sich mit ihm wie ein alter Freund.

»Mit mir«, sagte er, »kannst du ganz offen reden. Ich will dir helfen. Erzähl mir alles, was dir im Kopf herumgeht.«

Gerührt über so viel Anteilnahme, erzählte ihm Swoboda die ganze Geschichte mit der Uhr.

Backerbs war aus gutem Grund so freundlich. Nudelauge war ins Stabshauptquartier zurückgerufen worden, um seinem Vorgesetzten Bericht zu erstatten. Backerbs, der hoffte, noch vor Nudelauges Abreise den Fall abzuschließen, war plötzlich unter Zeitdruck. Er war gekommen, um Swoboda zum »Tatort« zu führen, zu einem weiteren Verhör in Anwesenheit des Adjutanten.

Diese Gegenüberstellung war eine Vorsichtsmaßnahme für den Fall, daß jemand das schriftliche Geständnis des toten Attentäters in Frage stellte. Backerbs hätte sich dann auf den Adjutanten berufen können, in dessen Anwesenheit der Angeklagte am Tatort seine Schuld gestanden hatte. Nudelauge verstand kein Wort Tschechisch. So wie er Swoboda kannte, war Backerbs sich des Erfolgs seines Planes sicher.

»Siehst du die Uhr an meinem Handgelenk?« fragte er Swoboda, als er endlich die weitschweifige Geschichte mit der Uhr entwirrt hatte.

»Jo, gnä Herr.«

»Gut, wenn du brav bist, schenk ich sie dir.«

Swobodas Herz hüpfte vor Freude. Die Uhr gehörte so gut wie ihm. Wenn es genügte, brav zu sein, würde er sich wie ein Engel aufführen. Sein großes, butterweiches Herz troff vor Dankbarkeit. Die Uhr war zwar kleiner und flacher als seine, schade. Aber er konnte sie am Handgelenk tragen, und alle würden sie sehen, was ihn dann wieder entschädigte. Swoboda fiel auf die Knie und versuchte gewaltsam, Backerbs' Hand zu küssen.

Nie war ein Verbrecher so fröhlich zum Tatort zurückgekehrt. Swoboda grinste von einem Ohr zum anderen, als er auf dem Armeelaster saß. Backerbs sah sich gezwungen, ihm einen Rippenstoß zu versetzen.

»Reiß dich zusammen«, ermahnte er ihn mit einem Seitenblick auf Nudelauge, »wir sind in Begleitung eines hohen Offiziers.«

Swoboda setzte gehorsam eine Trauermiene auf, was gar nicht einfach war, denn jedesmal, wenn sein Blick auf Backerbs' Armbanduhr fiel, hüpfte sein Herz vor Freude.

Bei der Eisenbahnbrücke angelangt, erklärte Backerbs auf deutsch ausführlich, wie und warum der Angeklagte die Brücke vermint hatte. Zwischendurch wandte er sich immer mal wieder an Swoboda und tat so, als übersetze er auf tschechisch, was er gerade dem Adjutanten auf deutsch erklärt hatte. Tatsächlich aber stellte er Swoboda Fragen, die rein gar nichts mit der angeblichen Verschwörung zu tun hatten.

Swoboda antwortete mit Jo oder mit Ne. Die zynische Gleichgültigkeit des Angeklagten brachte Nudelauge in Rage.

»*Verdammter Schweinehund!*« brüllte er ihn an.

Aber Swoboda verstand kein Deutsch. Er hatte nur Backerbs' Uhr im Kopf, die er verzückt nicht aus den Augen ließ.

Als sie wieder zurück am Masarykplatz waren, hatte Nudelauge mächtig Kohldampf. Er wollte schnurstracks im Gasthof essen gehen und bat Backerbs, doch mitzukommen. Doch der hatte Dringenderes zu erledigen.

»Bestellen Sie ruhig schon mal, ich komme gleich nach«, sagte er zu ihm. Und fügte hinzu: »Setzen wir uns an einen Fensterplatz.«

Letzteres bereute er sogleich. Sein Plan war es eigentlich gewesen, Swoboda türmen zu lassen, während Nudelauge beim Essen war, und ihn vom Fenster des oberen Stockwerks aus in dem Moment zu erschießen, wenn er auf die Straße trat. Wenn nun Nudelauge am Fenster saß, würde er zwangsläufig Augenzeuge der Szene und müßte notfalls Backerbs gegenüber aussagen. Also hätte Backerbs ihn niemals so unmißverständlich auffordern dürfen, sich ans Fenster zu setzen. Das könnte ihn nun in große Erklärungsnot bringen. Verdammt, jetzt war's zu spät. Verdammt, verdammt, verdammt! Seine Nerven hatten ihn im Stich gelassen.

Er ging zum Bahnhof und sagte den Sturmleuten, sie könnten Mittag machen. Doch die trödelten endlos, wollten einfach nicht verschwinden, und Sturmmann Schmatz ging überhaupt nicht essen. Ein genügsamer Bursche, dieser Schmatz, er zog eine

Salamistulle aus der Tasche und aß sie an Ort und Stelle. Backerbs wurde langsam nervös. Zum Glück war der Kerl auf der Hofseite an der Rückseite des Bahnhofsgebäudes postiert. Doch man wußte ja nie! Daher holte Backerbs einen seiner Spießgesellen, damit er ein Auge auf Schmatz hatte. Der nahm sein Gewehr und stellte sich in einem der vorderen Diensträume direkt neben dem Haupteingang auf. Von dort aus hatte er einen guten Überblick. Alles war bis ins kleinste Detail geplant.

Die Kirchenglocken läuteten Mittag. Backerbs machte eine letzte Runde durch alle Diensträume, um sicher zu sein, daß die Luft rein war. Dann ging er in Swobodas Zelle. Während der Gefangene am Tatort war, hatte einer von Backerbs' Kameraden das Schloß präpariert, damit es aussah, als hätte es der »Ausreißer« aufgebrochen. Als sie Swoboda zurückbrachten, hatten sie bloß einen Zapfen hineingesteckt. Backerbs entfernte den Zapfen und ging hinein.

Swoboda sprang strahlend von seiner Pritsche auf. Er war bester Laune. »War ich brav, gnä Herr?« fragte er schüchtern.

Backerbs klopfte ihm auf die Schulter: »Prima hast du's gemacht.«

»Bekomm ich meine Uhr?«

»Bekommst sie.«

»Wann bekomm ich meine Uhr?«

»Bald.«

In Swobodas Blick lagen Liebe und Verehrung. Jetzt küßt mich dieser Trottel womöglich noch, dachte Backerbs.

»Da, nimm, rauch eine«, sagte der SA-Mann ungeduldig.

Swoboda nahm die Zigarette, wollte aber kein Feuer. »Nicht vor Herrschaft«, erklärte er.

»Ach was, Herrschaft«, erwiderte Backerbs und schlug ihm leutselig auf die Schulter. »Schließlich sind wir alle Menschen, oder?«

»Jo, gnä Herr. Sind alle Menschen.«

Swoboda wollte die Zigarette trotzdem nicht anzünden. Er steckte sie hinters Ohr, für später. Wahrscheinlich würde er sie einem Angestellten der Eilgutabfertigung verkaufen.

»Setz dich«, befahl Backerbs.

Swoboda gehorchte. Er schielte auf Backerbs' Handgelenk vor seiner Nase. Was für eine Uhr! Er versuchte, sie sich an seinem eigenen Handgelenk vorzustellen. Er war außer sich vor Glück.

»Gibt es irgendwas, was dir besonders Freude machen würde?«

Swoboda zögerte. Natürlich hatte er einen Wunsch, aber er befürchtete, damit womöglich die Uhr aufs Spiel zu setzen. Egal, war nicht so wichtig. Doch dann, beruhigt von Backerbs' Freundlichkeit, entschloß er sich, damit herauszurücken. Schließlich war er gefragt worden, oder?

»Was ich gern möcht, gnä Herr.«

»Raus mit der Sprache!«

Und Swoboda erzählte Backerbs, daß die lausigen Lumpensammler an jenem Tag nicht aufgetaucht waren, obwohl sie doch geschrieben hatten, sie würden kommen.

»Möcht wissen, was war. Möcht's gern meine Viuda fragen.«

»Ist die Witwe dein Schatz?« fragte Backerbs etwas verwundert über die wirre Geschichte.

»Jo, gnä Herr.«

»Und du möchtest sie gern besuchen?«

»Jo, möcht ich.«

Backerbs kratzte sich am Kopf. »Ich kann dir keine offizielle Erlaubnis geben«, meinte er. »Doch schließlich ...«, und er stand auf und zwinkerte Swoboda zu. »Wir sind doch alle Menschen, oder?«

Swobodas Herz schmolz vor Dankbarkeit. »Jiu, gnä Herr, sind alle Menschen.«

Backerbs ging und »vergaß«, den Zapfen wieder ins Schloß zu stecken.

Swoboda war kein Verschwender, doch dieses eine Mal – »sakradi« – zündete er vor lauter Aufregung die Zigarette an. Es war jedoch nicht Backerbs' Vorschlag gewesen, der seinen Blutdruck erhöht hatte. Der arme Swoboda hatte schlicht nichts kapiert. Er glaubte, die Uhr würde bald ihm gehören. Darum war er so aufgeregt.

Er saß auf seiner Pritsche und blies träumerisch Rauchringe an die Decke, als er plötzlich etwas Unangenehmes fühlte. Na so was, hier zog's. Er schaute auf und sah erst jetzt, daß die Zellentür einen Spaltbreit offen war. Also stand er auf, machte sie zu und kehrte zu seiner Pritsche und zu seinen Träumen zurück. Aber die Tür ging wieder auf. Fluchend zog er sie wieder zu. Sie ging ein drittes Mal auf. Swoboda wurde langsam nervös.

Er steckte den Kopf aus der Tür in der Hoffnung, es sei jemand da, der von außen den Riegel zuschieben könnte. Weit und breit niemand. Er trat auf den Flur hinaus, warf einen Blick in das erste Büro, an dem er vorbeikam. Leer! Er schaute in alle Räume, in einen nach dem anderen. Schließlich gelangte er zum Büro auf der Hofseite, wo Schmatz mit Backerbs und einem Unbekannten saß.

»Verzeihn'S«, sagte er schüchtern, »verzeihn'S, will keine Umständ machen, aber möchten gnä Herrn meine Zellentür zusperrn? Da zieht's furchtbar und macht's mich krank.«

Backerbs verlor die Fassung. Außer sich vor Zorn, versetzte er ihm zwei Faustschläge und schubste ihn den ganzen Weg bis in seine Zelle zurück. Aber das war reine Energieverschwendung. Sein genialer Plan war unwiderruflich gescheitert.

Nudelauge kehrte vom Mittagessen zurück. Schmatz erzählte ihm schallend lachend, wie der Gefangene sie »verzeihn'S« gebeten hatte, die Zellentür zu verriegeln. Nudelauge lachte, bis ihm die Tränen über die Backen liefen. Wenn ein Narr von einem noch größeren Narren hört, gibt's kein Halten mehr.

»Sagt«, wieherte er, »der Bursche ist so strohdumm, daß ich ihm nicht mal sein Geständnis glauben kann.«

Backerbs schwieg. Er schlenderte in den Nebenraum. Seine Kumpane folgten ihm mit langen Gesichtern. Was nun? Nachdem was vorgefallen war, würde auch der Dümmste nicht mehr glauben, daß dieser Volltrottel einen Ausbruch geplant haben könnte. Wenn sogar der dämliche Adjutant begann, am Geständnis zu zweifeln.

Verdammter Mist!

Backerbs schwor einen klangvollen Eid. Dann sprang er auf und trat ans Fenster. Zuerst sah er nichts anderes als seine Verzweiflung. Doch nach und nach bemerkte er etwas, was seine Beunruhigung noch steigerte. Ungewöhnlich viele Menschen betraten den Gasthof. Er erkannte ihre Gesichter, eines nach dem anderen. Es waren genau diejenigen, die er zwei Nächte zuvor ausgeplündert hatte.

»Schaut mal her!« rief er.

Seine Kameraden traten ebenfalls ans Fenster. »Sieht ganz nach einer neuen Delegation aus«, meinte der eine witzelnd. »Was glaubst du, was die diesmal wollen?«

»Idiot!« brüllte Backerbs. »Was fragst du mich? Glaubst du vielleicht, sie haben's mir gesagt?«

Sein Zorn half ihm allerdings nicht weiter.

»Verdammter Mist!« wiederholte er nach einer Weile.

Das schien ihn zu beruhigen. Er schickte einen der Männer hinüber, um nachzusehen, was los war. Der kam nach ein paar Minuten sichtlich erleichtert zurück.

»Nichts Ernstes«, verkündete er. »Bloß Abschiedsbesuche. Der Oberst liegt im Sterben.«

»Bist du sicher, daß die dich … nicht gelackmeiert haben?« fragte Backerbs zweifelnd.

»Bin doch nicht blöd, oder? Hab den Pfarrer reingehen sehen.«

Backerbs ging nervös auf und ab, blind und taub für seine Umgebung, zog heftig an seiner Zigarette und hätte sie beinahe verschluckt. Was war in ihn gefahren? Seine Kameraden konnten sich seine Aufgebrachtheit nicht erklären.

Plötzlich blieb er stehen. »Wißt ihr was? Wenn der Oberst tatsächlich im Sterben liegt, sind wir gerettet!«

Die zwei Subalternen begriffen gar nichts, aber Backerbs hatte keine Zeit für große Erklärungen.

»Wir haben keine Sekunde zu verlieren«, sagte er unwirsch. »Bringt mir eine Schreibmaschine.«

9. Kapitel
Bevor die Sonne untergeht

Nach einer zweiten Spritze erlangte der Oberst das Bewußtsein wieder. Als er seinen Freund Vesely und den Arzt an seinem Bett erkannte, hob er schwach die Hand. Ein kaum wahrnehmbares Lächeln huschte über seine Lippen.

»Ich war eingenickt«, flüsterte er, als schäme er sich.

Es war elf Uhr vormittags, vor drei Stunden hatten sie ihn in sein Zimmer zurückgebracht. Der Oberst war die ganze Zeit bewußtlos gewesen, obwohl er glaubte, bloß gedöst zu haben. Er bat um ein Glas Wasser und nippte daran.

»Hast eine gute Zeit gehabt in Prag?« fragte er seinen Freund. Die Mittel begannen zu wirken. Das Sprechen machte ihm keine Mühe. Es war offensichtlich, daß er seinem Zustand keine besondere Bedeutung beimaß. Er war, abgesehen von seiner alten Kriegsverletzung, nie ernsthaft krank gewesen. Und auch die Gicht, die ihn zwei- oder dreimal im

Jahr zur Bettruhe zwang, war bloß eine Erinnerung an die Schützengräben.

»Die Deutschen bringen mir kein Glück«, scherzte er mit matter Stimme, und die beiden alten Freunde lachten gezwungen. Dann nahm der Oberst seine Medizin, der Arzt wechselte die Verbände, was den Patienten zu erschöpfen schien. Seine Lider wurden schwer, und fünf Minuten später schlief er wieder ein. Der Arzt erhob sich leise und gab Kommerzialrat Vesely ein Zeichen, ihm auf den Flur zu folgen.

Die zwei Männer hatten kaum ein Wort miteinander gewechselt, seit sie den Oberst nach Hause gebracht hatten. Der Arzt war mit dem Kranken beschäftigt gewesen; Vesely hatte ihm stumm zugeschaut. Er hatte Doktor Burian nicht gefragt, was er vom Zustand des Obersts halte, und er fragte ihn auch jetzt nicht. Er zündete stumm eine Zigarre an.

»Darf ich Sie auch um eine bitten?« fragte der Arzt.

Ein schlechtes Zeichen, dachte Kommerzialrat Vesely. Der Arzt rauchte sonst nie, wegen seines Herzens.

Sie waren allein im Flur. Von der Gaststube im unteren Stockwerk hörte man Geschirrklappern und das schrille Singen eines Küchenmädchens; im Hinterhof wurde ein Teppich geklopft. Die beiden Männer pafften schweigend ihre Zigarren. Die Geräusche von draußen vertieften die Stille um sie herum. Die Sonne schien durchs Fenster und schnitt eine goldene Linie in die blauen Rauchwolken. Auf der Straße unten standen die Schneeverwehungen immer noch brusthoch, aber die Sonne wurde wärmer. Eiszapfen lösten sich klirrend von der Traufe; der geschmolzene Schnee floß rauschend durch die Dachrinne. Der Frühling kündigte sich an.

Der Arzt zog heftig an seiner Zigarre.

»Sie sollten den Priester holen lassen«, sagte er heiser.

Kommerzialrat Vesely erblaßte. »Ist es … ist es …«, stammelte er.

Der Arzt trat näher zu ihm heran. »Es ist eine Frage von Stunden«, flüsterte er, als fürchte er, der Oberst könnte ihn hören. Dann wandte er sich ab … »Der kleine Sohn des Gasthofbesitzers hat den Keuchhusten. Ich muß nach ihm sehen«, sagte er und enteilte, als sei der Leibhaftige hinter ihm her.

Vesely blickte ihm nach. Er wußte, daß das kranke Kind nicht der Grund für die Eile des Arztes war, denn er sah ihn um die Ecke biegen und im Lokus verschwinden. Er weint wohl, murmelte Vesely vor sich hin. Obwohl er den Oberst doch erst seit fünfundzwanzig oder dreißig Jahren kannte. Und die beiden hatten einander selten öfter als ein- oder zweimal wöchentlich gesehen.

Kommerzialrat Veselys Augen blieben trocken. Nach und nach kehrte das Blut in seine Wangen zurück. Doch er atmete schwer. Einen Moment lang hatte er das Gefühl zu ersticken. Er drückte seine Zigarre aus und kehrte ins Zimmer zurück. Auf Zehenspitzen ging er zum Bett und setzte sich stumm auf den Stuhl daneben.

Der Oberst schlief friedlich. Sein armer gemarterter Körper war unter den Laken versteckt; den Verband am Hinterkopf sah man nicht, und auf seinem Gesicht waren keine Prellungen. Er sah aus wie immer. Sein Atem ging regelmäßig. Und dennoch war es eine Frage von Stunden …

Kommerzialrat Vesely nahm die Hand seines schlafenden Freundes in die seine. Wie warm sie war! Voller Leben! Ja, da lag sein Freund, lebend und atmend. Wäre er jetzt aufgewacht, hätte er wahrscheinlich gelächelt. Er sah, er hörte, er fühlte. Und dennoch in ein paar Stunden – Kommerzialrat Vesely riß seinen Kragen auf. Er hatte wieder das Gefühl zu ersticken.

Er wurde von Furcht gepackt, von einer schrecklichen Panik. Eine Panik wie die eines Mannes in einem gesunkenen Unterseeboot, der weiß, daß der Sauerstoff demnächst ausgehen wird. Er saß auf dem Meeresgrund und wartete – worauf? Gab es etwas – irgend etwas –, womit er dem Oberst eine kleine Freude machen konnte, bevor es zu spät war?

Er sprang auf. Ein dummer Gedanke, ein kindischer Gedanke … Doch er ließ ihn nicht los. Da stand doch ein Satz in der Bibel, versuchte er sich zu rechtfertigen … Wie lautete der noch gleich? Eines nach dem anderen tauchten die Worte in seiner Erinnerung auf. *Gesegnet sei, wer seine Liebe sieht, bevor die Sonne untergeht.*

Ja, der Oberst mußte Jarmilla sehen, bevor … bevor die Sonne unterging.

Obwohl sie nie darüber gesprochen hatten, wußte er, daß der Oberst noch immer in sie verliebt war. Vesely hatte diese Liebesgeschichte stets mit nachsichtiger Ironie betrachtet, weil er, im Gegensatz zu seinem Freund, erfahren hatte, was Liebe ist, soweit man das überhaupt erfahren kann. Weil er selbst unromantisch war, wußte er, daß sein Freund hartnäkkig einem Traum nachtrauerte, der nichts mit der realen dummen, kleinen Jarmilla zu tun hatte. Bestimmt hätte er sie mit der Zeit vergessen, dachte Vesely manchmal, wenn er eine Frau gefunden hätte, die er hätte lieben können. Aber wer weiß, vielleicht war es seine Unfähigkeit, Jarmilla zu vergessen, die den Oberst daran gehindert hatte, eine andere Frau zu finden. Zuerst hatte er gewartet, bis er zum Oberbuchhalter aufgestiegen war. Danach hatte er auf ein Wunder gewartet, auf eine Scheidung oder Gott weiß was. Schließlich hatte er nichts mehr erwartet. Er liebte einfach. Liebte, so wie ein Vogel singt, ohne eine Belohnung zu erwarten. Gab's ein schöneres Geschenk, das er seinem alten Freund machen konnte, als daß dieser noch einmal seine Liebe sehen konnte, bevor die Sonne unterging?

Doch wie sie dazu bewegen, hierher zu kommen? Unter was für einem Vorwand? Seit ihrer Heirat hatten sich die beiden kaum mehr gesehen. Sollte er ihr jetzt verraten, was der traurige alte Mann ein Leben lang verborgen hatte? Nein, das durfte er auf keinen Fall.

Vielleicht – vielleicht könnte er die »angesehensten« Leute der Stadt an das Krankenbett des Obersts bitten und damit ganz selbstverständlich auch die Frau des Oberbuchhalters. Ihr Mann war in der Fabrik und würde vor neunzehn Uhr zehn nicht zu Hause sein. Sie war also höchstwahrscheinlich allein. Aber wenn sie nicht zu Hause war? Wenn sie ausgegangen war? Die Zeit drängte!

Endlich kam der Arzt zurück.

»Könnte man ihn rasieren lassen?« fragte Vesely kurz.

Der Arzt blickte ihn erstaunt an. Wozu mußte der Patient nun plötzlich rasiert werden? Aber Doktor Burian war ein kluger Mann. Also nickte er bloß.

Kommerzialrat Vesely lief hinunter, gab Befehl, niemanden zum Oberst zu lassen, bis er zurück war, und schickte nach dem Barbier. Dann ließ er seinen Wagen kommen und machte die Runde bei den »angesehensten« Leuten der Stadt. Er ersuchte sie alle, doch bitte in einer Stunde in den Gasthof zu kommen. Inzwischen würde Jarmilla ihren Besuch bestimmt beendet haben. Natürlich hatte er nicht die Absicht, seinem kranken Freund all die Besucher zuzumuten. Sobald Jarmilla gegangen war, würde er eine Entschuldigung finden: »Tut mir wirklich leid, Ihre Zeit in Anspruch genommen zu haben, aber der Zustand des Patienten … Sie verstehen bestimmt …«, und so weiter.

Die Runde bei den »angesehensten« Leute war rasch beendet. Der letzte Besuch galt dem Pfarrhaus. Als handle es sich um ein geschäftliches Treffen, bat er mit knappen Worten auch den Priester ans Krankenbett des Oberst. Als er sich zum Gehen anschickte, legte der Priester ihm kurz die Hand auf die Schulter. Sie waren alle drei Klassenkameraden gewesen.

Er eilte zu seinem Wagen zurück. »Zum Haus des Oberbuchhalters, rasch!« drängte er den Kutscher.

»Jawohl, gnä Herr.«

Die Pferde bäumten sich auf und rasten mit dampfenden Nüstern durch die engen Gassen. Die Leute traten erschrocken zur Seite und starrten der Kalesche nach. Schließlich hielt sie vor dem Haus des Oberbuchhalters an.

Vesely klingelte atemlos. Da erinnerte er sich, wie der sonst schweigsame Oberst seltsam erregt drauflos geredet hatte, wenn sie zufällig am Haus vorbeikamen. Vesely mußte innerlich lächeln, wußte er doch, daß der alte Knabe durch die Gegend spazierte in der Hoffnung, »zufällig« Jarmilla zu begegnen. Doch als der Oberbuchhalter und seine Frau vor ein paar Jahren den Oberst zum Abendessen eingeladen hatten, hatte dieser sich höflich entschuldigt.

Ein schlampiges kleines Hausmädchen öffnete die Tür.

»Ist der Herr zu Hause?« fragte Kommerzialrat Vesely ungeduldig.

»Nein, gnä Herr.«

»Und die Dame?«

»Die ist da.«

Vesely seufzte erleichtert auf. Das Mädchen führte ihn in ein überladenes, gutbürgerliches Wohnzimmer. Er war zum ersten Mal hier. Jarmilla begrüßte ihn überrascht. Er erzählte ihr, was vorgefallen war. Sie neigte affektiert den Kopf und rief mit ihrer hohen, gezierten Kleinmädchenstimme aus: »Ach, der Ääärmste!«

In Kommerzialrat Veselys Ohren klang das, als würde sie einen Schulkameraden bemitleiden, der beim Lateinexamen durchgefallen war. Er warf ihr einen haßerfüllten Blick zu. Was zum Teufel hatte sie an sich, was seinen alten Freund ein Leben lang gefesselt hatte?

Die »kleine« Jarmilla war jetzt eine reife Fünfzigjährige. Ihre Tochter hatte sich kürzlich verlobt. Sie hatte sich aber bemerkenswert gut gehalten, und man hätte sie keinen Tag älter als fünfundvierzig geschätzt. Im Unterschied zu den meisten Damen vom Lande hatte sie keine Pfunde zugelegt. Sie war schlank und mädchenhaft geblieben, und die paar ganz feinen Krähenfüße um die Augen fielen kaum auf. Kein Wunder, dachte Kommerzialrat Vesely gehässig, was hatte sie schon durchgemacht in ihrem Leben? Zwei Kinder geboren, und das war's …

Jarmilla versuchte, mitleidsvoll und tief bewegt zu wirken. Der Oberst tat ihr ja wirklich leid. Doch als sie hörte, daß alle angesehenen Bürger der Stadt, ja sogar auch der Bürgermeister und seine Gattin kommen würden, war sie so aufgeregt, daß sie alles andere vergaß.

»Oh, ich muß mich umziehen«, rief sie aus. »Warten Sie bitte einen Moment, ja?«

»Ich warte«, entgegnete Kommerzialrat Vesely, wobei er seine Gereiztheit kaum verbergen konnte. »Aber bitte, beeilen Sie sich.«

»Ja, natürlich …«, und Jarmilla eilte hinaus. Kurz darauf hörte er sie das Hausmädchen ausschimpfen. »Los, schnell, um Gottes willen. Hast du's nicht kapiert? Der Oberst liegt im Sterben.«

Eine Viertelstunde verging, eine halbe Stunde verging – und Jarmilla war immer noch beim Umziehen. Kommerzialrat Vesely ging grimmig im Wohnzimmer auf und ab. Er mußte sich bezwingen: Am liebsten hätte er die vergoldeten Salonsessel in den großen goldgerahmten Spiegel geschleudert. Schließlich klopfte er an die Tür: »Um Himmels willen, können Sie sich nicht ein bißchen beeilen?«

»Ja, ja, natürlich«, antwortete Jarmillas Stimme.

»Bitte verzeihen Sie. Dieses dumme Ding kann nicht einmal ein Kleid anständig zuknöpfen.«

Endlich war sie fertig, und sie konnten gehen. Im Wagen neigte sie wieder den Kopf und seufzte: »Der Ärmste!«

Kommerzialrat Vesely war sicher, daß ihre Hauptsorge dem Bürgermeister und dessen Gattin galt, denen sie schon lange gern vorgestellt worden wäre. Als der Gasthof in Sicht kam, glättete sie nervös ihr Kleid. Es war klar, daß es ihr nur darum ging, möglichst gut auszusehen. Kommerzialrat Vesely warf ihr einen feindseligen Blick zu. Sie kam ihm wie ein in bunte Fetzen gehülltes Stück Holz vor. Und er sagte sich verbittert: Was ist eine Flagge anderes als ein Stück Holz und ein paar bunte Fetzen? Und wie viele Männer opfern dafür ihr Leben!

Als sie ankamen, waren der Priester und fast alle Gäste schon da. Kommerzialrat Vesely entschuldigte sich für die Verspätung und eilte mit Jarmilla die Treppe hoch. Er bat sie, einen Moment im Flur zu warten, und verschwand im Zimmer des Kranken.

Der Oberst schlief immer noch. Der Arzt saß auf der Bettkante und drückte das Stethoskop auf sein Herz. Vesely bat, ihn mit seinem Freund allein zu lassen.

Als der Arzt hinausgegangen war, weckte er den Oberst behutsam. »Wer, glaubst du, wartet draußen?« fragte er.

Der Oberst starrte ihn mit glasigen Augen an. »Wer?« fragte er matt.

Vesely beugte sich näher über ihn. »Jarmilla!« flüsterte er erregt.

Da kehrte das Blut in das Gesicht des Obersts zurück. Seine Augen leuchteten auf. »Jarmilla?« fragte er verwundert und versuchte, den Kopf zu heben. Seine Stimme hatte schon fast wieder den alten Klang.

»Sie wartet im Flur. Sie möchte dich besuchen.«

»Ja warum denn?« fragte der Oberst mit wachsender Aufregung. »Was ist los?«

Vesely wußte, daß jetzt alles von der richtigen Antwort abhing. Sein Freund hätte die Sache sonst bestimmt durchschaut. Er beugte sich tiefer über ihn und fand die Sprache ihrer Kindheit wieder, in der sie einander vor fünfzig Jahren »Geheimnisse« anvertraut hatten.

»Stell dir vor«, flüsterte er, vom Klang seiner eigenen Stimme überrascht, »sie läßt sich scheiden!« Die Lüge war ihm spontan über die Lippen gekommen, sozusagen vom Himmel gesandt.

Der Oberst setzte sich auf.

»Sie läßt sich scheiden?«

Die Stimme und die Augen des Sterbenden füllten sich schlagartig mit Leben.

»So ist es«, sagte sein Freund sanft. »Doch laß dir nicht anmerken, daß du Bescheid weißt.«

»Bestimmt nicht«, flüsterte der Oberst ebenfalls

im verschwörerischen Tonfall eines Jungen, der verspricht, ein Geheimnis nicht zu verraten. »Aber warum ist sie hierher gekommen?« fügte er plötzlich hinzu.

Vesely antwortete nicht gleich. Er blickte den Oberst an, als wollte er sagen: »Das fragst du mich?« Doch er sagte bloß: »Nun, sie will dich einfach besuchen.«

Alles Glück der Erde spiegelte sich im Gesicht des Obersts.

Nie in den fünfzig Jahren ihrer Freundschaft hatte Vesely ihn so strahlen sehen. »Soll ich sie hereinbitten?« fragte er.

Der Oberst nickte. Doch als Vesely aufstand, griff er nach dessen Hand. »Warte einen Moment. Gib mir bitte mein Rasierzeug.«

Zwar war der Oberst gerade erst rasiert worden. Er hätte sich jedoch geschämt, um einen Spiegel zu bitten. Vesely verstand, holte ihm das Rasierzeug samt Spiegel, Bürste und Kamm, Haarwasser und Schnurrbartbinde. Vesely hatte es dem Oberst vor zehn Jahren zum Geburtstag geschenkt. Er legte das Kästchen auf den Nachttisch und reichte ihm unaufgefordert Bürste, Kamm und Spiegel.

Der Oberst schaute mit einem schüchternen Lächeln zu ihm auf. Er betrachtete sich im Spiegel, bürstete sein Haar, kämmte sich und zwirbelte seinen buschigen grauen Schnurrbart.

»Fertig?« fragte Vesely.

»Fertig«, antwortete der Oberst aufgeregt, als gehe er zur ersten Verabredung mit einem Mädchen.

Kommerzialrat Vesely trat auf den Flur hinaus, um Jarmilla ins Zimmer zu bitten. Genau in dem Moment stürmten sechs SA-Männer die Treppe hoch und versperrten ihnen den Weg.

»Niemand rührt sich!« befahl Backerbs. »Der Oberst hat uns kommen lassen.«

»Niemand hat Sie kommen lassen«, entgegnete Kommerzialrat Vesely scharf. »Der Kranke darf nicht gestört werden!«

Backerbs war nicht zu Diskussionen aufgelegt. »Führt ihn ab!« befahl er. Drei Sturmmänner traten auf ihn zu.

»Hände weg«, donnerte Kommerzialrat Vesely und schwang zornig die Fäuste.

Die Männer blieben verblüfft stehen.

»Um Himmels willen«, flehte Jarmilla, »bloß kein Skandal!«

Das brachte ihn wieder zu sich. Er wußte, daß er sich jetzt nicht zu etwas hinreißen lassen durfte, was er später bereuen würde.

»Gut«, sagte er mit erzwungener Ruhe.

Von den Sturmmännern eingerahmt, gingen er und Jarmilla in das Vestibül hinunter. Backerbs und seine Kumpanen betraten das Zimmer des Obersts.

Nach knapp zehn Minuten war ihr Krankenbesuch beendet. Als Jarmilla und Kommerzialrat

Vesely kurz darauf das Zimmer des Kranken betraten, war der Oberst tot. Jarmilla war gekommen, aber der Oberst hatte seine Liebe nicht mehr sehen können.

»Schließen Sie ihm die Augen«, sagte Kommerzialrat Vesely ruhig, aber es klang fast wie ein Befehl. Dann verharrte er stumm.

Die Aufregung seiner letzten Lebensminuten hatte keine Spuren auf dem Gesicht des Obersts zurückgelassen. Er lag friedlich schlummernd in seinem Bett wie jemand, der einen langen Arbeitstag hinter sich hat. Die Spitzen seines grauen Schnurrbarts waren nadelfein. Als er auf Jarmilla wartete, hatte er sie heimlich ein letztes Mal gezwirbelt.

10. Kapitel
»Erledigt!«

Backerbs setzte einen amtlichen Bericht über den Tod des Obersts auf.

»Am 16. März 1939 um 12.45 Uhr erschien ein etwa dreißigjähriger Mann, offensichtlich ein Arbeiter, in der Gendarmeriehauptwache und teilte dem diensthabenden Sturmmann mit, Oberst Fiala spüre den Tod nahen und wolle sein Gewissen erleichtern und wünsche daher den Obertruppführer zu sprechen. Als der diensthabende Sturmmann aus dem Büro des Obertruppführers in das Wachlokal zurückkehrte, war besagte Person bereits weg, so daß deren Identität nicht festgehalten werden konnte. Kurz vor 13 Uhr begleiteten fünf nachstehend genannte Sturmleute den Obertruppführer zum Domizil des Obersts im unter dem Namen *Zum Auge Gottes* bekannten Gasthof. Alle erforderlichen Vorsichtsmaßnahmen wurden getroffen: Drei Sturmmänner wurden im Flur postiert. Der Obertruppführer und zwei der nachstehend genannten Männer betraten das Zimmer des Obersts. Sie stellten fest, daß der Patient in der Tat im Sterben lag. Im Vestibül wartete ein Priester, der die Letzte Ölung geben sollte. Als der Sterbende die drei Sturmmänner erblickte, setzte er sich im Bett auf und sagte sichtlich erregt: »Ich will alles gestehen.« Worauf er unter Aufbietung seiner letzten Kräfte ein vollumfängliches Geständnis diktierte, siehe Anlage IV (a). Nachdem er das Geständnis unterzeichnet hatte, verließen die drei Zeugen das Zimmer. Ein paar Minuten später verschied der Obgenannte.«

Auch das Geständnis war im gewählten backerbsschen Stil abgefaßt:

»In der Nacht vom vierzehnten März, als im Gasthof alles schlief, stand ich von meinem Krankenbett auf. Vertraut mit den Gepflogenheiten des Hauses, in dem ich seit über zwanzig Jahren logiere, schlich ich mich aus dem Haus und kehrte ebenso unbemerkt zurück. Da in jener Nacht ein Schneesturm tobte, waren alle Straßen wie ausgestorben. Ich ging zum Bahnhof und weckte den beschränkten Dienstmann, der gewöhnlich im Wartesaal nächtigt. Ich erklärte ihm, ich wolle meine Wertsachen vergraben, um sie vor dem Zugriff der Deutschen zu bewahren. In Anbetracht der haarsträubenden Gerüchte über die Greueltaten der Deutschen, die man sich in der Stadt erzählte, glaubte der – wie gesagt, beschränkte – Dienstmann mir. Auf mein Geheiß hin holte er die eine Sprengstoffkiste aus dem Lagerschuppen (die angeblich ein paar Tage zuvor für den Straßenbau aus Prag eingetroffen war) und brachte sie zur Eisenbahnbrücke. Als ehemaliger Frontkämpfer und ranghoher Offizier war ich mit der Technik des Minenlegens bestens vertraut und in der Lage, dem ahnungslosen Dienstmann die notwendigen Anweisungen zu geben. Meine Absicht war, am folgenden Tag die Brücke zu sprengen, unmittelbar vor der Durchfahrt des Sonderzugs des Führers, und damit das Zeichen für einen allgemeinen Aufstand gegen die deutsche Besatzung zu geben.«

Und als sei all dies noch nicht eindeutig genug, vervollständigte ein weiterer Kommentar das Geständnis.

»So grotesk er scheinen mag, dieser Plan, der nur dem Gehirn eines senilen alten Mannes entsprungen sein konnte, so war er tatsächlich ernst gemeint. Zum Beweis rief der Verschwörer am darauffolgenden Morgen zu einer gewaltigen Demonstration beim Denkmal für den Unbekannten Tschechoslowakischen Soldaten auf mit dem Ziel, eine patriotische Bewegung ins Leben zu rufen. Nachforschungen haben ergeben, daß er keinerlei Komplizen hatte, was der Oberst übrigens selbst ausdrücklich betont hat. Auf seinem Totenbett bezeugte der alte Herr, daß er seine Tat bereute, und er drückte mit bewegenden Worten sein aufrichtiges Bedauern aus, dessen Aufrichtigkeit außer Zweifel steht. Obwohl frommer Katholik, wollte er die Letzte Ölung nicht empfangen, bevor er nicht sein Gewissen erleichtert hatte. Er gab zu Protokoll, er sei durch die skrupellose lügnerische deutschfeindliche Haltung der jüdischen Presse zu diesem Verbrechen angestiftet worden, die seit Jahren das tschechische Volk aufhetzt. In den letzten Stunden seines Lebens drückte er seine tiefe Dankbarkeit und Bewunderung für die tapferen deutschen Kampftruppen der SA aus, deren unfehlbare Wachsamkeit die Durchführung dieses teuflischen Plans verhindert hat.«

Was Swoboda betraf, war der Rapport weit lakonischer:

»Schwachsinnig von Geburt an, kann er in keiner Weise für sein Handeln verantwortlich gemacht werden. Aufgrund seiner Beschränktheit hat er zuerst die volle Verantwortung für das Verbrechen übernommen, von dem er, wie sich nachträglich erwiesen hat, keinerlei Kenntnis hatte. Als ihm das Geständnis des Obersts vorgelesen wurde, konnte er sich dementsprechend überhaupt nicht daran erinnern, am 14. März an der Eisenbahnbrücke gewesen zu sein. Eines kann mit Gewißheit festgehalten werden: Der arme Simpel hatte keine Ahnung, wie er vom Oberst benutzt worden war. Selbst nach einer ausführlichen Erklärung überstieg dies seine Vorstellungskraft.«

Swobodas Lage war widersprüchlich. Obwohl unschuldig, hatte er dennoch an den Vorbereitungen für eine verbrecherische Tat mitgewirkt. Backerbs entschied, daß die endgültige Erledigung dieses Falles nicht in seinen Zuständigkeitsbereich fiel. Daher ließ er Swoboda in Begleitung von zwei Sturmleuten »zur Vernehmung« nach Prag überstellen.

Die »Vernehmung« war in Wirklichkeit bloß ein Vorwand, ein Mitglied des Plündererertrios nach Prag zu schicken, um den gestohlenen Schmuck dort in Sicherheit zu bringen, denn die Lage wurde langsam brenzlig. Backerbs befürchtete keine Sekunde, Swoboda könnte ihn in Schwierigkeiten bringen: denn fünf Minuten »Vernehmung« des depperten Rotschopfs würden jeden davon überzeugen, daß der Kerl ein hoffnungsloser Kretin war. Das Stabshauptquartier würde höchstens von Backerbs' übertriebenen Vorsichtsmaßnahmen beeindruckt sein.

Swoboda war nicht weiter erstaunt, als man ihm mitteilte, es stehe ihm eine weitere Bahnfahrt bevor. So war das Leben nun mal: Von Zeit zu Zeit verfrachteten Kommandiers arme Teufel in Eisenbahnzüge. Das letzte Mal waren es die österreichischen Kommandiers gewesen auf Befehl des alten Opapinek mit dem Nikolausbart. Damals hatten sie ihn aufs Schlachtfeld gebracht. Nachdem er mit Granatsplittern gespickt war, hatte man ihn zurück ins Krankenhaus verfrachtet. Diesmal, vermutete er, handelte es sich wohl um eine Laune dieses anderen Krauthappels namens Hitler. Man würde ihn wieder einen Eid ablegen lassen. Ob auf jenen oder diesen, was soll's, ihm war's scheißegal. Dampflokomotiven begeisterten ihn nach wie vor, also freute er sich auf die Reise.

Nur eines beschäftigte ihn: Was mochte dieser Backerbs-Kommandier gegen ihn haben? Bei diesen Leuten weiß man nie, woran man ist. Zuerst verspricht er ihm seine Uhr, und dann bringt er ihn fast um, einfach so, aus heiterem Himmel. Soll sich da einer einen Reim drauf machen! Sei's drum, man mußte sich einfach daran gewöhnen, und Swoboda fand alsbald seinen Seelenfrieden wieder. So war's eben, wenn man ein armer Teufel war.

Eine knappe, aber respektvolle Mitteilung und eine Kopie des Rapports wurden – für alle Fälle – Nudelauge zu Händen des Generalmajors der Pioniertruppen mitgegeben. Die von Justizrat Novotny verfaßte Beschwerde war laut Rapport »ein Beispiel für die durchsichtigen, skrupellosen von den nationalistischen Tschechen angewandten Mittel«. Und was die Hauptanklagepunkte betreffe, so sei die Entschuldigung des Klägers die beste Antwort darauf.

Bevor Nudelauge abreiste, gaben die SA-Leute noch ein kleines Abschiedsfest zu seinen Ehren im Separée vom *Auge Gottes*. Es war fünf Uhr nachmittags. Die angrenzende Gaststube war voll besetzt mit Kaffee-und-Kuchen-Gästen.

Der Adjutant war nach kurzer Zeit sturzbetrunken.

»Ich verlange eine Erklärung!« brüllte er und

hämmerte mit den Fäusten auf den Tisch. »Ich verlange eine Erklärung! Es ist mir un-ver-ständ-lich … warum die Wehrmachtsoldaten behaupten … daß die SA-Leute Abschaum und Rabauken sind. Wir sind doch alle Brüder – Prost, Kameraden!«

Backerbs versuchte, ihn zu beruhigen. Doch Nudelauge warf sich vor Gram und Enttäuschung über die korrupte Menschheit schluchzend an die Brust seines Kameraden. In diesem Zustand hätte er auf seinem Motorrad nicht einmal die Stadt umrunden können. Zum Glück nahm der Sturmmann, der Swoboda und die Beute nach Prag eskortierte, den Neunzehn-Uhr-zehn. Als der Zug einfuhr, verfrachteten sie den Adjutanten samt seinem Motorrad in einen Güterwaggon.

Und so trat ein vorschriftsgemäßes Dokument die Reise nach Prag an. Wie Backerbs die Unterschrift des Obersts erlangt hatte, wußten nur er und seine Kumpane. Doch was und wie auch immer: Es war keine Fälschung. Auf Backerbs' Geheiß hatte der Bürgermeister die Unterschrift mit der auf den Briefen des Obersts verglichen, die im Rathaus aufbewahrt wurden, und sie für echt befunden. Und Doktor Burian konnte reinen Gewissens bestätigen, daß der Oberst keines gewaltsamen Todes gestorben sei.

Backerbs hatte allen Grund, sich über den Ausgang der Geschichte zu freuen. Der Fall war *erledigt*! Weder eine Fälschung noch ein Mord waren begangen worden. Man hatte sogar niemand »bei einem Fluchtversuch« erschießen müssen. Das Dokument auf dem Weg nach Prag würde dort gemütlich von Schreibtisch zu Schreibtisch wandern und schließlich in den Archiven ruhen.

Der Fall war also abgeschlossen. Oder doch nicht? Drei Monate später, als unsere kleine Stadt die Ereignisse schon fast vergessen hatte, wurde erneut ein Anschlag auf die Eisenbahnbrücke verübt. Ein echter diesmal.

11. Kapitel
Backerbs verläßt die Stadt

Ein paar Tage nachdem Nudelauge abgereist war, legte Backerbs dem Bürgermeister das Geständnis des Obersts und einen Stapel weiterer Dokumente zum »Fall Fiala« zur »Durchsicht« vor, in der Hoffnung, ihn herumzukriegen, so wie er Justizrat Novotny herumgekriegt hatte. Der Bürgermeister war kein Ritter ohne Furcht und Tadel, gewiß nicht. Er wohnte an der Hauptstraße und hing an den Annehmlichkeiten des Lebens. Er war ein geachteter, unbescholtener Bürger und, im Gegensatz zum Justizrat, immer peinlich darauf bedacht gewesen, eine weiße Weste zu behalten. Selbstverständlich verstand er Backerbs' Wink mit dem Zaunpfahl, übersah ihn aber vorsätzlich.

Im Dokumentenstapel entdeckte er Justizrat Novotnys Entschuldigung. Er traute seinen Augen nicht. Worauf er nach den Klägern schickte und ihnen das Papier unter die Nase hielt. Die erlittenen Verluste schmerzten noch, die Wunde war noch nicht verheilt, und die Geschädigten zuckten bei jeder Erwähnung dieser betrüblichen Vorfälle zusammen. Natürlich hatten sie seinerzeit die Beschwerde unfreiwillig zurückgezogen. Aber daß der Anwalt sich im Namen aller Geschädigten bei den Plünderern – noch dazu schriftlich – entschuldigt hatte, das ging zu weit!

Zur gleichen Zeit etwa erzählte Justizrat Novotnys Hausmädchen dem Koch des Bürgermeisters, daß ihre Herrschaften, »diese dreckigen Schwineks«, den »elenden deutschen Gauner« zum Abendessen eingeladen hätten. Die verbitterten Stadtbewohner beschlossen, künftig den Justizrat und dessen Frau mit Nichtbeachtung zu bestrafen. Von dem Tag an sprach niemand mehr mit den beiden. Wenn der Herr Justizrat oder die Frau Justizrat ein Gespräch anknüpfen wollte, bekamen sie nur einsilbige Antworten, und man ließ sie stehen. So würde man den »rückgratlosen Lump« schon loswerden, sagte man sich. Schließlich konnten die Deutschen ihnen doch keinen Justizrat aufzwingen, und überhaupt … wo käme man da hin …

Die Dinge nahmen leider eine ganz andere Wendung. Ein paar Tage später schickte Backerbs nach dem Bürgermeister.

»Im Lauf unserer kurzen Bekanntschaft«, sagte der SA-Obertruppführer in seinem leutseligsten Ton, »bin ich zum Schluß gekommen, daß ich Ihnen mein volles Vertrauen schenken kann, ja, ich darf sagen, daß ich Sie sogar bewundere.« Der Bürgermeister stand stumm da und drehte seinen Hut in den Händen. Backerbs fuhr fort: »Daher, mein lieber Freund, möchte ich Ihnen einen freundschaftlichen Rat geben. Ich glaube, es wäre gut, wenn Sie zugunsten von Justizrat Novotny von Ihrem Amt zurücktreten würden.«

Dem Bürgermeister verschlug es beinah die Sprache. »Danke«, stammelte er, »sehr freundlich von Ihnen, aber wie kommen Sie darauf?«

»Na ja, also – es gibt gewisse höhere Staatsinteressen«, meinte Backerbs geheimnisvoll. »Ein Mann mit Ihrer Erfahrung muß das verstehen. Natürlich ist es mir nicht möglich, Ihnen die genauen Gründe – nun ja – Sie verstehen gewiß, selbstverständlich liegt die Entscheidung bei Ihnen … Ich versuche nur, Ihnen einen Dienst zu erweisen.« Er schwieg einen Moment, und als er wieder zu sprechen anfing, war sein liebenswürdiger Ton einer dienstlichen Schärfe gewichen. »Wie auch immer, die Angelegenheit duldet keinen Aufschub. Morgen um acht Uhr erwarte ich Ihre Antwort.«

Große Aufregung brach im Stadtrat aus, als man erfuhr, was Backerbs von ihnen verlangte. Niemand hegte den geringsten Zweifel daran, daß der »freundschaftliche Rat« dem verschlagenen Hirn der fetten Frau Novotny entsprungen war, bei der Backerbs jeden Abend zum Essen eingeladen war und die den dosengefütterten Teutonen mit den erlesensten tschechischen Delikatessen vollstopfte. Der wahre Grund, natürlich, war nicht so sehr Frau Novotnys Ehrgeiz als vielmehr Backerbs' Bevorzugung eines Bürgermeisters, der zu seinen Gunsten aussagen würde, sollte es sich als notwendig erweisen.

Novotny wurde am darauffolgenden Tag zum Bürgermeister ernannt. Der Stadtrat hatte die ganze Nacht bis in den frühen Morgen debattiert und war schließlich zum Schluß gekommen, man müsse sich beugen. Vom juristischen Standpunkt aus war keinerlei Gewalt ausgeübt worden, alle Formalitäten wurden strikt eingehalten. Backerbs hatte ja bloß ein paar gute Ratschläge erteilt. Der Bürgermeister persönlich erklärte seinen Rücktritt »aus gesundheitlichen Gründen«, worauf Justizrat Novotny mit den üblichen Ehren und Floskeln in sein Amt eingesetzt wurde.

Seit dem Tod des Obersts hatte Kommerzialrat Vesely nicht mehr gut geschlafen. Er wachte meist zwischen vier und fünf Uhr morgens auf. Gegen Ende des Monats ritt er eines Tages um sechs Uhr früh am Gasthof vorbei. Der deutsche Armeelastwagen, vollgepackt mit Sturmleuten in kompletter Ausrüstung, stand vor der Tür. Vesely rief dem Hausburschen zu: »Was ist los?«

Der trat zu ihm hin und berichtete ihm flüsternd: »Die Deutschen ziehen ab.« Fügte dann, den Blick zum Himmel gerichtet, hinzu: »Für immer!«

Bei dieser Neuigkeit wurde der alte Herr von einer ungewohnten Erregung gepackt: »Wo ist der Obertruppführer?«

»Noch auf seinem Zimmer. Man hat ihm eben die Rechnungen hinaufgebracht.«

Kommerzialrat Vesely saß ab.

»Bin gleich zurück«, sagte er und übergab dem Burschen die Zügel.

Backerbs prüfte die Rechnungen, als es an der Tür klopfte. Ohne auf ein Herein zu warten, betrat der alte Herr das Zimmer.

»Guten Morgen, Herr Kommerzialrat«, begrüßte ihn der Gasthofbesitzer.

Backerbs schaute kaum auf. »Was ist?« brummte er und zählte weiter.

»Ich brauche mich wohl nicht vorzustellen«, sagte Vesely höflich. »Wir sind uns ja schon einmal begegnet.«

Backerbs hob den Kopf. »Nicht, daß ich wüßte«, sagte er ungeduldig und wandte sich wieder seinen Rechnungen zu.

»Erlauben Sie mir, Sie daran zu erinnen«, sagte Vesely immer noch ruhig und höflich. »Es war am sechzehnten März. Sie waren auf dem Weg zu Oberst Fiala, um ihn ein gewisses Geständnis unterzeichnen zu lassen.«

Backerbs knallte das Bündel Rechnungen auf den Tisch und sah ihn drohend an. »Was wollen Sie damit sagen?« knurrte er.

»Ich habe Sie bloß daran erinnert«, entgegnete Vesely mit einem eigenartigen Lächeln. Und fügte ganz langsam, jedes Wort betonend hinzu: »Ich war der engste Freund des Obersts.«

»Ja und?«

»Seit über fünfzig Jahren.«

»Hören Sie, guter Mann.« Backerbs wurde ungehalten. »Ich bin beschäftigt. Sagen Sie, was Sie wollen, oder verschwinden Sie.«

»Was ich Ihnen zu sagen habe, sage ich Ihnen lieber unter vier Augen«, bemerkte der alte Herr. Das gespenstische Lächeln glitt erneut über sein Gesicht. Und bevor Backerbs ihn daran hindern konnte, sagte er zum Gasthofbesitzer: »Würden Sie uns bitte einen Moment allein lassen?«

Der verließ das Zimmer, kauerte sich jedoch vor das Schlüsselloch. Das darauf folgende Gespräch bestand aus zwei Wörtern.

»Was …«, begann Backerbs.

»Das!« sagte Kommerzialrat Vesely, zückte seine Reitpeitsche und ließ sie zweimal auf sein Gegenüber niedersausen.

Backerbs' Gesicht war blutüberströmt. Einen Moment lang saß er wie versteinert da. Dann stürzte er sich wutentbrannt auf den alten Herrn. Doch die Peitsche traf nochmals, diesmal am Auge. Backerbs führte instinktiv die linke Hand zum Auge, während er mit der rechten blind in der Luft fuchtelte, um einen weiteren Hieb abzuwehren.

»Lassen Sie sich ruhig Zeit«, sagte Vesely verächtlich. »Bei uns schlägt man nicht, wenn der Gegner zu Boden gegangen ist.«

Backerbs versuchte es mit einer List. Als er sah, daß der alte Herr tatsächlich Wort hielt, wandte er sich kurz ab, die Hand immer noch über dem Auge, als sehe er nichts. In Wahrheit wollte er das Fenster öffnen und um Hilfe rufen. Aber Vesely ließ die Peitsche fallen und versetzte ihm einen Faustschlag mitten ins Gesicht. Backerbs torkelte gegen die Wand.

»Sachte, sachte«, dröhnte Vesely mit einem gespenstischen Lachen. »Wir regeln das unter uns wie zwei Nibelungenhelden. Ein Duell, verstehen Sie?«

Und er stürzte sich erneut auf Backerbs, doch Backerbs trat schnell zur Seite, und Vesely stolperte über einen Stuhl. Backerbs erreichte den Tisch und griff nach seiner Waffe. Vesely packte einen Stuhl und schlug ihn Backerbs über den Schädel. Der fiel der Länge nach hin, doch umklammerte dabei immer noch seine Waffe, er hob die Hand – da bohrte Vesely mit aller Wucht die Sporen in die Hand des SA-Obertruppführers, die Waffe fiel zu Boden. Der alte Herr ergriff sie und schlug mit dem Kolben auf Backerbs' runden Schädel, bis dieser das Bewußtsein verlor.

Dann ließ der alte Herr die Waffe fallen, wischte sich das Blut von den Händen und verließ ruhig das Zimmer. Im Gasthof hatte niemand etwas bemerkt. Er saß auf, sagte kurz, er habe es eilig, und galoppierte eine Seitenstraße hinab, daß die Funken auf den Pflastersteinen stoben. Er ritt geradewegs zum Bahnhof und erwischte knapp den Sechs-Uhr-vierzig. Das schweißüberströmte dampfende Pferd blickte ihm verdutzt nach.

Das Ganze hatte nur Sekunden gedauert. Die Sturmleute vor dem Gasthof hatten nichts von dem Spektakel mitbekommen, denn Backerbs' Zimmer lag zum Hof. Der Gasthofbesitzer stand zu Tode erschrocken vor der Zimmertür. Zuerst wußte er gar nicht, was er tun sollte, doch dann ging er hinunter und benachrichtigte die Kameraden des Obertruppführers. Denen gelang es einigermaßen, die Blutungen zu stillen, nicht aber, ihn aus seiner Betäubung zu wecken. Sie hätten lieber keinen Arzt gerufen, weil sie kein Aufsehen erregen wollten, doch letztlich blieb ihnen nichts anderes übrig. Hastig hielten sie heimlich Kriegsrat. Dann nahm einer von ihnen den Gasthofbesitzer beiseite. »Hören Sie«, schärfte er ihm ein, »der *Herr Obertruppführer* ist beim Hinuntergehen über den Teppichläufer gestolpert und mit dem Kopf auf einem Pfosten aufgeschlagen. Verstanden?«

»Zu Befehl!«

»Falls Sie nicht verstanden haben«, fügte der SA-Mann drohend hinzu, »könnten Sie über den gleichen Teppich stolpern. Ist das klar?«

»Zu Befehl!«

Sie tischten die Geschichte vom Treppensturz

dem Rest der Mannschaft auf und versuchten es sogar beim Arzt. Doktor Burian schob bloß seine Brille auf die Stirn und blickte die Rabauken aus seinen milden blauen Augen an. »Habt ihr noch nie was vom Arztgeheimnis gehört?« fragte er nur. Und wandte sich, ohne die Antwort abzuwarten, wieder seinem Patienten zu.

Diesen wiederzubeleben war keine einfache Sache. Backerbs war übel zugerichtet. Er lag den ganzen Tag im Bett, unfähig, auch nur einen Finger zu rühren. Doch Befehl ist Befehl, und der Trupp mußte abziehen. Sie richteten im Armeelaster eine Pritsche für den Verwundeten her, und um Mitternacht, als die Stadt in tiefem Schlaf lag, brausten sie los.

Kommerzialrat Vesely kam unbeschadet davon. Die drei Halunken wußten, daß es nicht so einfach sein würde, mit ihm in Prag abzurechnen wie mit dem Oberst in der kleinen Stadt. Sie konnten ihn nicht ihren Vorgesetzten gegenüber denunzieren, denn das hätte womöglich die ganze Geschichte wiederaufgekocht, und sie hätten damit rechnen müssen, daß dies neue Komplikationen für sie zur Folge hätte.

In Prag wartete nämlich eine höchst unangenehme Überraschung auf die drei Freunde. Anstatt Swoboda freizulassen, hatte man ihn für weitere Verhöre festgehalten, und die drei lebten in ständiger Angst, vom depperten Dienstmann beschuldigt zu werden. Es war wohl am klügsten, die Angelegenheit auf sich beruhen zu lassen. Backerbs zog einen Schleier über die Vergangenheit und legte seine Rachepläne fürs erste auf Eis.

Kommerzialrat Vesely tauchte zwei Wochen später wieder auf, packte seine Siebensachen und reiste mit Jan zurück nach Prag.

Die Stadt fiel in ihren gewohnten Trott zurück. Die Verwaltung ging wieder auf die örtlichen Behörden über, und nach und nach gewöhnten sich die Bewohner an die neue Ordnung. Eine Zeitlang trauten sich die Menschen nur zu flüstern; und nachts schreckten sie oft aus dem Schlaf, vor allem, wenn ein Lastwagen vorbeirumpelte. Aber dann beruhigten sich die Nerven wieder. Die Hügel wurden grün. Die im Vorjahr gesäten Stiefmütterchen blühten in den Gärten, und die Hausfrauen machten sich an den jährlichen Frühjahrsputz.

Die provisorischen Schilder am Masarykplatz wurden durch funkelnagelneue Emailschilder ersetzt, die verkündeten, daß der Platz nun für alle Zeiten *Adolf-Hitler-Platz* heißen würde. Natürlich nannte jedermann ihn weiterhin Masarykplatz, und keiner Menschenseele – ob Mann, Frau oder Kind – wäre es eingefallen zu sagen, sie gehe zum Adolf-Hitler-Platz. Irgend etwas war an dem umgetauften Platz … was bei vielen Stadtbewohnern akute Hustenanfälle auslöste, wenn sie dort vorbeikamen. Sie konnten nicht umhin, beim Anblick der neuen Emailschilder kräftig auszuspucken. Und dieser Husten war fürchterlich ansteckend. Er befiel jeden, der sich näherte, augenblicklich – was zu regelrechten Spuckorgien führte.

Es waren zweifelsohne diese Hustenden, die regelmäßig frische Blumen auf das Grab des Obersts pflanzten. Kurz nach seinem Tod wurde bekannt, daß die Deutschen sein bescheidenes Vermögen, das er tschechischen Kriegsversehrten vermacht hatte, »wegen subversiver Aktivitäten« konfiszierten. An jenem Abend karrten die Huster eine ganze Wagenladung an Blumen und Pflanzen herbei und arbeiteten im Licht einer Petroleumlampe, bis der Morgen dämmerte. Der folgende Tag war ein Sonntag. Die Stadt erwachte und entdeckte eine blühende Hecke, die vom Friedhofstor bis zum Grab des Obersts führte. Von allen Seiten pilgerten die Menschen herbei, und am Mittag herrschte regelrecht Gedränge.

Doch nicht alle in der Stadt hatten sich mit dem Husten angesteckt. Der ältere Sohn des Bahnhofsvorstehers zum Beispiel profitierte recht gut von der neuen Regierung. Bis dahin hatte sich der junge Mann damit begnügt, die Zeit totzuschlagen und Vaters Bargeld zu klauen. Jetzt aber wohnte er in Prag, verfügte über ein eigenes Bankkonto und war auf wundersame Weise über Nacht zu einer einflußreichen Stellung gekommen. Sein Name tauchte sogar in den Prager Zeitungen auf – erst kürzlich im Zusammenhang mit verprügelten Juden –, wo äußerst respektvoll über ihn berichtet wurde. Anfang Juni allerdings, als er zu Besuch bei seinem Vater war, brachte ihm der Postbote stapelweise in der Stadt aufgegebene Ansichtskarten mit einem Märzveigerlsträußchen drauf, auf denen nur ein Wort in Großbuchstaben und Druckschrift geschrieben stand: »VERRÄTER«.

Der Bahnhofsvorsteher schämte sich zu Tode. Er hielt seinem Sohn eine lange Predigt, der aber antwortete bloß verächtlich: »Warum soll ich ein Verräter sein? Ich bin Sektionschef der tschechischen faschistischen Partei. Weißt du nicht, daß die Faschisten Nationalisten sind? Wie kann ich also Verräter sein?«

Der Bahnhofsvorsteher hätte ihn bloß zu fragen brauchen, wie ein tschechischer Patriot in diesen Zeiten der deutschen Unterdrückung über ein gut gefülltes Bankkonto verfügen konnte. Er hatte persönliche Gründe, warum er es nicht tat. Eines Tages hatte er im Laufe seiner gewohnten Jereminaden in Anwesenheit seines Sohnes geklagt, er wisse nicht mehr, woher er das Geld für die Behandlung seiner Frau nehmen sollte. Der Junge hatte seine Brieftasche gezückt und ihm fünfhundert Mark gereicht, als biete er ihm eine Zigarette an. Der alte Mann erinnerte sich an die Ansichtskarten und errötete in seinem tiefsten Innern. Doch am Ende nahm er das Judasgeld an. Seine Landsleute drohten ihm, seine

Möbel zu verpfänden, wenn er die Schulden nicht zahlte.

»Brauchst mich nur anzurufen, wenn was ist«, sagte der junge Mann gönnerhaft.

Der Bahnhofsvorsteher akzeptierte also nebst dem Geld auch die Definition der faschistischen Partei.

Bald darauf merkte der Bahnhofsvorsteher, daß die Leute ihn mieden. Er beschloß, nach Prag zu reisen, um sich das Ganze dort mal anzusehen. Aber es kam etwas dazwischen. Sein jüngerer Sohn, der kurz vor der Matura stand, war wegen seiner kommunistischen Ideen von der Schule verwiesen und für alle höheren Lehranstalten in Böhmen gesperrt worden. In seiner Verzweiflung rief der Bahnhofsvorsteher seinen älteren Sohn an, der innerhalb einer Woche die Angelegenheit in Ordnung brachte. Sein Bruder wurde in die beste Oberschule Prags aufgenommen. Abermals verschob der Bahnhofsvorsteher seine Fragen auf später.

Nun war fast die ganze Familie nach Prag gezogen, aus Gründen, die dem guten Mann schwer auf der Seele lagen. Der ältere Sohn war Faschist, der jüngere Kommunist, während seine Frau …

Seine Tochter war sein einziger Trost. Er vergötterte das hübsche stupsnasige Ding, das seiner Mutter so verblüffend ähnlich sah. Es war manchmal erschreckend, wenn sie beide allein am großen Eßtisch saßen und er sich so fühlte wie vor dreißig Jahren, als er frisch verheiratet und die Welt noch in Ordnung war. Trotzdem nörgelte er ständig an ihr herum, und manchmal schlug er sie sogar. Er mußte doch irgendwie seinen Gefühlen Luft machen ... Es gab Augenblicke, da haßte das Mädchen den Vater zutiefst. Es kam vor, daß sie tagelang kein Wort miteinander sprachen.

»Das Leben ist so kompliziert!« seufzte er. Er träumte oft vom Tod, so wie andere von wohlverdienten Ferien träumen.

Nach und nach gingen die Menschen wieder ihren gewohnten Beschäftigungen nach. Die Fluten der Geschichte waren verebbt. Vage Gerüchte kamen manchmal auf, wanderten heimlich von Ohr zu Ohr. Eine seltsame Spannung legte sich über die Stadt, als hätten irgendwo in der Ferne aufziehende Stürme die Luft mit Elektrizität geladen. Das Gesicht der Realität war von den Zensoren derart geschwärzt worden, daß die Menschen nicht wußten, ob sich ein neues Gewitter zusammenbraute oder ob das, was sie hörten, nur das Echo des besessenen Flachmalers im Berliner Rundfunk war. Sie schalteten das Radio selten ein. »Wozu auch?« sagten sie und zuckten die Schultern, »gute Nachrichten gibt's ja doch keine.«

Sie wurden mit zahllosen Verordnungen und Verfügungen überschwemmt, die ihnen alle vorschrieben, was sie nicht tun und was sie nicht lassen durften. Man konnte nicht einmal mehr etwas in den Mülleimer werfen, ohne eine Buße oder gar eine Gefängnisstrafe zu riskieren. Endlose amtliche Befehle listeten zahllose Gegenstände auf, die nicht weggeworfen werden durften. Sämtliches Metall, Gummi, Glas und-so-weiter-und-so-fort mußten für die Wiederverwendung in den Munitionsfabriken gesammelt werden.

Es kam der Tag, da der Kaffee kein Sahnehäubchen mehr trug. Der zartschmelzende böhmische Kuchen, der beste der Welt, wurde von Tag zu Tag trockener, und schließlich wurde das Brot aus den gleichen dubiosen Zutaten – die nur erfahrene Chemiker kannten – gebacken wie in Deutschland. Eier verschwanden vom Markt. Der Krämer wog seine Butter so vorsichtig ab wie ein Apotheker seine giftigen Pulver, auf daß ja niemand ein Quentchen mehr bekäme, als ihm zustand.

Das Nahrungsproblem beanspruchte die Menschen voll. Selbst die erfinderischsten Hausfrauen begannen sich zu fragen, wie und woher sie etwas auf den Tisch bringen sollten. Wenn sie die Marktfrauen fragten, warum dieses oder jenes nicht erhältlich war, ließen die verbitterten Bäuerinnen den haßerfüllten Blick in die Ferne schweifen: »Weil s' grapschn. Alles grapschen's.« Und fügten leiser hinzu: »Verrecken solln's!«

12. Kapitel
»Heil Hitler!«

Swoboda war in ein deutsches Konzentrationslager gesteckt worden. Er hatte keine Ahnung, weswegen, und die Lagerleitung ebensowenig. Die Nazis griffen zum Mittel Konzentrationslager wie die Landärzte zum Rizinusöl. Wenn sie verdächtiges Verhalten nicht diagnostizieren konnten, schickten sie den Verdächtigen »für alle Fälle« ins Konzentrationslager.

Swoboda verbrachte zwei Monate im KZ. Als er gegen Ende Mai nach Hause zurückkam, war er weder gebrochen noch aufsässig. Er wirkte wie ein Mann, der aus den Ferien zurückkehrt. Er sah blendend aus, er hatte zugenommen und war rundum prächtig in Form. Niemand konnte sich einen Reim darauf machen. Er trug einen nagelneuen getragenen Nadelstreif, eine reinseidene Krawatte, einen feschen Lodenhut und einen eleganten Spazierstock, den er beim Gehen fröhlich schwang. Kurz, er strahlte über beide Backen! Er hob die Hand zum Hitlergruß und grüßte seine alten Bekannten mit einem flotten

»Heil Hitler!«, mit unüberhörbarem, fast perfektem preußischen Akzent.

Die Stadtbewohner trauten ihren Augen nicht, sie umringten ihn in Scharen und überhäuften ihn mit Fragen. Swoboda zog eine schwere Silberuhr aus der Hosentasche, schwenkte sie über den Köpfen, öffnete den Doppeldeckel und meinte stolz: »Wir sind gut in der Zeit.«

Das KZ in Süddeutschland, in das man Swoboda geschickt hatte, war im ganzen Land als teuflische Folterkammer bekannt. Swoboda allerdings war ganz begeistert davon. Er wollte eigentlich gar nicht wieder nach Hause. Er bekniete die KZ-Leitung, ob er noch länger bleiben dürfe. Leider ginge das nicht, hieß es, sie hätten Platzmangel. Ein andermal vielleicht.

Man hörte sich Swobodas enthusiastische Schilderungen eine Zeitlang an, und dann fragte ihn jemand aus dem Empfangskomitee, ob es denn wahr sei, daß die Gefangenen dort fast zu Tode geprügelt würden. Ja schon, doch so schlimm, wie behauptet werde, sei's nun auch wieder nicht. Alles eine Sache der Gewöhnung. Das war dort nun mal so. Und wenn Ehrwürden – ein katholischer Priester aus Prag, ein braver Mann – es ausgehalten habe, warum sollte er, Swoboda, es nicht aushalten? Prügel waren bei denen eben üblich. Man gewöhnte sich daran.

»Aber wißt's …« Man bekam dort alles umsonst. Freie Kost und Pritsche. Arme Teufel könnten sogar ein paar Groschen dazuverdienen. Wo gab's das sonst schon?

Seine Bewunderer sahen das mit der freien Kost und Pritsche sofort ein, aber sie kapierten überhaupt nicht, wie ein »armer Teufel« in einem Konzentrationslager etwas dazuverdienen konnte.

»Also«, begann Swoboda zu erklären, aber etwas weitschweifiger und verworrener, als wir es hier tun. Seine Gedankengänge waren ja eher komplex, so daß seine Freunde Tage brauchten, seinen KZ-Bericht zusammenzustückeln.

Im Lager befanden sich etliche bedeutende Männer: Schriftsteller, Wissenschaftler, Künstler, Politiker, ein ehemaliger Zeitungsredakteur und, eben, der katholische Priester. Die Gefangenen wurden unterschiedslos für den Straßenbau eingesetzt. Der Pfarrer, plötzlich frühzeitig gealtert, war nicht imstande, die ihm zugeteilte Arbeit zu erledigen, und wurde deshalb oft geprügelt. Nicht weiter schlimm, meinte Swoboda, weil er ja ein alter Mann und noch dazu Priester war. Bloß eine oder zwei Watschen oder einen Tritt in den Hosenboden, wo es nicht besonders weh tat.

Wirklich schlimm dagegen war für den Pater, daß der Aufseher ständig auf den Herrn Jesus fluchte und unflätige Bemerkungen über die Unbefleckte Empfängnis machte. Seine Sprache war so dreckig, daß der arme weißhaarige Priester sich fast zu Tode grämte.

Swoboda hatte Mitleid mit ihm. Also sagte er eines Tages kurz nach seiner Ankunft, als gerade kein Aufseher in Sicht war, zum keuchenden, erschöpften Priester, er solle doch im Schatten verschnaufen, Swoboda übernehme seine Arbeit. Der Priester war vor Dankbarkeit zu Tränen gerührt. An jenem Abend drückte er beim Essen Swoboda verstohlen eine Mark in die Hand.

Damit war der Grundstein für Swobodas Wohlstand gelegt.

Am nächsten Tag suchte er sich einen Gefangenen aus, der noch schmächtiger wirkte als der Priester, einen Medizinprofessor oder sonst ein »Kapazunder, a Jid«, obwohl ihm das keiner angesehen hätte, und bot ihm seine Dienste an. Auch der Doktor-Professor steckte Swoboda eine Mark zu. Mit der Zeit erledigte Swoboda neben seiner Arbeit auch die von drei Mitgefangenen. Sein dritter Kunde muß wohl sehr reich gewesen sein, denn der steckte ihm sogar zwei oder gar drei Mark zu. Swoboda wurde innerhalb kurzer Zeit zu einem vermögenden Mann. Er konnte es sich sogar leisten, das Geld des Priesters zurückzuweisen, der arme Kerl hatte ja eh kaum genug für sich selbst.

Aber selbst das war nicht ganz uneigennützig. Wenn Swoboda ihn »verschnaufen« schickte, sagte Ehrwürden jeweils: »Gott möge dir's vergelten, mein Sohn.«

Swoboda dachte angestrengt nach. Eines Tages

nahm er den Priester beiseite und fragte ihn: »Glaubst, ich bin gut?«

»Gewiß bist du ein guter Mensch«, antwortete der Priester aufrichtig.

»No-na«, bat ihn Swoboda, da solle er doch bitte für ihn ein gutes Wort im Himmel einlegen. Er hatte sich nämlich überlegt, daß Ehrwürden das Straßenbauen nicht lange überleben würde. Da der gute Herr Pfarrer ja ohnehin in den Himmel kam, könnte er doch Swoboda diese kleine Gefälligkeit erweisen. Swoboda hatte es nicht etwa eilig, ins Jenseits überzusiedeln, überhaupt nicht, doch so wie es aussah, mußten arme Teufel wie er ihr Seelenheil erst einmal verdienen. Je früher man also damit anfing, desto besser.

Der Priester hatte ein Herz aus Gold. Als Swoboda sich von ihm verabschiedete, zog er seine alte Silberuhr hervor und schenkte sie ihm. Schließlich hatte er sich endlos die traurige Geschichte von der Nickelzwiebel anhören müssen. Swoboda zögerte, die Uhr anzunehmen. »Ne-ne, dann habt Ihr ja keine mehr«, protestierte er.

Der Priester schwieg einen Moment. »Meine Stunde hat bereits geschlagen, mein Sohn«, meinte er dann bloß.

Was Swoboda überzeugte. Er war sicher, daß man im Paradies die Stunden ohne Uhr zählte.

Auch die anderen Kunden machten ihm Geschenke. Jedermann mochte den großen Rotschopf, auch wenn dieser kein Wort Deutsch sprach und sich vorwiegend mit Zeichen verständigte. Sie statteten ihn von Kopf bis Fuß neu aus samt Schuhen, Socken, Unterwäsche, Hut und sogar einer Seidenkrawatte. Den prächtigen Nadelstreif hatte ihm der Jid-Doktor-Professor geschenkt.

Nur der elegante Spazierstock war kein Geschenk. Er hatte ihn sich vor seiner Rückreise in der Stadt gekauft. Was beweist, daß Reichtum verdirbt und die bescheidensten Menschen schnell einmal zu Verschwendern werden.

Nachdem er die Fahrkarte gekauft hatte, waren ihm immerhin noch zweiundzwanzig Reichsmark geblieben, die er bei der Sparkasse seinen dreihundertundachtzehn Sokol hinzufügen konnte. Nie zuvor hatte Swoboda in so kurzer Zeit so viel gespart. Wen wundert's, daß er vom Konzentrationslager so begeistert war.

Doch das Leben ist auch für einen Hirntrampel nicht immer einfach. Die eine Hälfte von Swoboda trauerte dem Konzentrationslager nach, wo er doch ein so schönes Leben gehabt hatte, und die andere Hälfte konnte es kaum erwarten, in seine kleine Stadt zurückzukehren, weil er, unverblümt ausgedrückt, mächtig Sehnsucht nach seiner Viuda hatte.

»Is komisch«, gestand er, »hat man a Frau, will man's nicht. Hat man keine, wird man ganz wurrlig.«

Nach dieser kurzen Erklärung eilte er stracks zum Haus der Wittib, blieb unterwegs nur ein paarmal kurz stehen, um seine Uhr hervorzuholen. Er hatte sie sehr vermißt in den zwei Monaten im Lager, seine Viuda, und hatte oft versucht, sich das Wiedersehen bis, no-jo, in die kleinsten Einzelheiten vorzustellen. Er war arg aufgeregt, als er an der Klingel zog. Die Wittib war völlig aus dem Häuschen, als sie ihn sah, und fiel über ihn her wie eine Besessene. Doch Swoboda küßte sie nicht sofort. Erst streckte er den rechten Arm zum Gruß aus und bellte martialisch: »Heil Hitler!«

Die erhoffte Wirkung blieb aus. Anstatt ihm um den Hals zu fallen, sah sich die Wittib ängstlich um und flüsterte: »Bist wahnsinnig? Könnt dich ja einer hören.«

»Sollen's doch«, bellte Swoboda noch lauter, wütend über den kühlen Empfang. Wenn sie nicht wußte, was sich gehörte – daß die Deutschen sich jetzt auf diese Weise begrüßten, dann bitte …

Die Wittib wurde ernsthaft zornig. Alle, die sich auf diese Weise begrüßten, könnten ihretwegen in der Hölle schmoren, schrie sie zurück.

Holla, so war das! Er kam von weit her, um ihr guten Tag zu sagen, und sie wollte, daß er in der Hölle schmorte. Dort würden sie sich ja dann bestimmt treffen!

Er wandte sich zum Gehen, doch die Wittib legte die Arme um ihn und schluchzte so bitterlich, daß der schöne Nadelstreif des Doktor-Professors bald klatschnaß war.

»Was hast denn, Marie?« fragte er etwas besänftigt. Etwas stimmte nicht mit ihr, das spürte sogar er.

Und so war's. Die arme Frau lebte nur noch von der Hand in den Mund. Das deutsche Müllgesetz hatte sie ruiniert. Sämtliche Abfälle, die ihr früher die Lumpensammler abgekauft hatten, durften heute nicht mehr weggeworfen werden. Ihre Einnahmequelle war über Nacht versiegt.

»Die grapschen alles«, schluchzte sie. Die ewigen drei Worte klangen wie der Refrain eines alten böhmischen Trauerlieds. Und leise fügte sie hinzu: »Verrecken solln's.«

Swoboda hatte nichts dagegen. Aber er sah nicht ein, warum er nicht »heil-hitlern« durfte, wenn er Lust dazu hatte. Die Wittib versuchte ihm zu erklären, daß die Nachbarn außer sich gerieten, wenn sie jemand »heil-hitlern« hörten. Die Leute hatten schließlich das Recht, einander in der eigenen Sprache zu begrüßen, oder? Und außerdem, die vielen neuen deutschen Verordnungen hatten die meisten von ihnen ins Elend gestürzt. Durch die Besetzung waren die Einkommen um die Hälfte geschrumpft; viele, und darunter auch die Wittib, hatten über Nacht alles verloren.

Die Menschen seien aufgebracht, erklärte ihm die Wittib, und jeder, der beim »heil-hitlern« ertappt werde, laufe Gefahr, im Dunkeln abgemurkst zu werden. »Hab ja nur Angst um dich, mein Täuberich.«

»No-jo«, meinte Swoboda und streichelte mit seinen Bärenpranken ihre tränennassen Wangen.

Sie hat recht, überlegte er. Was diese Hitler-Leute anstellen, ist wirklich schlimm. Tatsache aber war, daß er dank diesem Hitler zweiundzwanzig Reichsmark verdient hatte. Zum Glück hatte er die Wittib nicht geheiratet, jetzt müßte er womöglich für sie aufkommen!

Auch wenn sein Kopf hart und berechnend war, sein Herz floß vor Erbarmen über. Er schlug die Sicherheit in den Wind und beschloß, die zweiundzwanzig Reichsmark mit ihr zu teilen. Er legte ihr den Arm um die Taille, führte sie ins Schlafzimmer und zog sie auf seinen Schoß.

»Komm her, Mädel, brauchst nicht heulen. Ich bin a Glückspilz.«

»A Glückspilz?« fragte sie erstaunt.

»Jiu. Hab viel Geld verdient. Viel, viel Geld.«

»Ja, wo denn?«

»No, im Lager.«

»Was?« Die Wittib klatschte in die Hände. »Mein großer, gescheiter Mann! Die Leut könnten was lernen von dir, mein Täuberich.«

»Jiu, das könnten's«, strahlte er. »Rat mal, wieviel?«

»Sag's.«

Swoboda dachte kurz nach: »Zehn Mark«, sagte er schließlich.

»Jesses ...!« Die Wittib konnte es nicht fassen. »Zehn Mark?«

»Zehn Mark«, lachte er triumphierend. »Weißt was, Marie, bekommst die Hälfte.«

Er stand auf. Das Geld bewahrte er in einem kleinen Beutel auf, den er um den Hals trug. Er wandte sich ab, damit sie nicht sehen konnte, wieviel drin war, und klaubte fünf Mark hervor.

»Die Hälfte«, sagte er und überreichte ihr feierlich den Schein.

Die arme Frau weinte vor Glück.

»Bist der beste Mann auf der ganzen Welt, mein Täuberich!«

»Nur der beste?« fragte er schüchtern. »Und wer ist der schönste?«

Er drehte sich langsam, damit die Wittib ihn betrachten konnte. In der ganzen Aufregung hatte sie seine Eleganz übersehen, und nun stand sie wie vom Donner gerührt da.

»Schaust aus wie ein Prinz, mein Täuberich.«

Swoboda führte ihr jedes einzelne Stück vor: die Silberuhr, den Spazierstock, den Hut, die Seidenkrawatte, die Schuhe und schließlich den feinen Nadelstreif. Vor allem der Nadelstreif löste begeisterten Applaus aus. Ja, und dann zog er den Rock aus, um ihr das kostbare Seidenfutter zu zeigen. Und da er den Rock schon mal ausgezogen hatte, zog er auch noch die Hosen aus, um ihr die feine Unterwäsche zu zeigen, ja und dann …

Als die Wittib wieder in ihre Kleider schlüpfte, war es höchste Zeit fürs Abendessen. Sie hatten beide einen Mordshunger.

Es war Nacht geworden.

In der Küche brannte die Lampe, und durch die Türritzen drang Licht. Swoboda blieb im Dunkel auf dem Bett liegen und dachte an nichts. Er hörte das herzerwärmende Töpfegeklapper. Es war eine milde Frühlingsnacht. Die Wittib sang beim Kochen. Der Maienduft wehte durchs offene Fenster. Swoboda schaute hinaus. Der Mond war wie eine gelbe Zimbel. Und so viele, viele Sterne am Himmel! Es war schön, wieder zu Hause zu sein.

Das war Swobodas letzter glücklicher Tag.

13. Kapitel
Dreihundertundachtzehn Sokol

Am Vormittag brachte Swoboda die ihm verbliebenen siebzehn Reichsmark zur Bank. Der Schalterbeamte nahm das Geld entgegen und teilte ihm ohne lange Umschweife mit, das Reichsfinanzministerium habe seine dreihundertundachtzehn Sokol beschlagnahmt.

»Was haben's?« fragte Swoboda perplex.

»Die haben's genommen.«

Swoboda grinste über beide Ohren. Er war die Scherze der Bankangestellten gewöhnt und wollte ihnen den Spaß nicht verderben. Er war ja selbst durchaus für einen Scherz zu haben.

»Was machen's denn damit?« fragte er fröhlich.

Der Schalterbeamte war ein gelbliches, vertrocknetes Männchen, das wegen seines verstaubten Aussehens Trockenfurz genannt wurde. Er hatte ein winziges plattes Näschen, Swoboda konnte den Blick nicht davon abwenden. Wie ein kleiner Mops, dachte er.

Trockenfurz zog einen Brief aus einem Papierstapel. Legte ihn auf den Schaltertisch, warf einen Blick darauf und erklärte dann geschäftsmäßig: »Also, hier steht, das Geld sei als Zahlung für zwei Monate Unterhalt beschlagnahmt worden.«

»Unterhalt«, wiederholte Swoboda immer noch grinsend. »Was möcht das sein, Unterhalt?«

»Da steht, du seist zwei Monate in einem Konzentrationslager gewesen.«

»Jo.«

»Genau«, fuhr Trockenfurz fort, »und dafür haben sie das Geld kassiert. Zwei Monate Unterhalt. Kost und Logis. Verstehst?«

»Ach so.«

Der arme Teufel hatte aber gar nichts verstanden. Wenn ein Mensch fünfundzwanzig Jahre braucht, um dreihundertundachtzehn Sokol zusammenzukratzen, fällt es ihm naturgemäß nicht leicht, in fünfundzwanzig Sekunden zu verstehen, daß der Staat sich sein Lebenswerk angeeignet hat. Langsam dämmerte ihm, daß Trockenfurz vielleicht gar nicht scherzte. Oder vielleicht doch? Eine vage Angst stieg in ihm auf. Was sollte er jetzt tun? Er stand ratlos mit seinem Sparbuch in der Hand da.

Trockenfurz machte es sich hinter seinem Schreibtisch bequem. Es war noch früh, die Bank hatte eben erst geöffnet. Er gähnte. Dachte einen Moment nach, riß dann ein Blatt vom Kalender und gähnte nochmals. Schließlich, als habe er eine schwerwiegende Entscheidung getroffen, griff er nach der Thermosflasche auf seinem Schreibtisch und schenkte sich eine Tasse Kaffee ein.

Es war ein strahlender Maitag. Die Sonne schien durch das Fenster, fiel direkt auf Swoboda und setzte seinen roten Haarschopf in Brand. Er wartete höflich, bis Trockenfurz seinen Kaffee ausgetrunken hatte, fragte dann: »Und wann geben's die Deutschen zurück, bitte?«

»Was denn?« fragte Trockenfurz, überrascht, ihn immer noch vor dem Schalter stehen zu sehen.

»Mein Geld.«

»Nie mehr«, antwortete Trockenfurz und stellte seine Thermosflasche weg. »Hab dir doch gesagt, daß das Reichsfinanzamt es konfisziert hat!«

»Jo, gnä Herr.«

»Also!«

Trockenfurz gähnte, überlegte und traf eine zweite Entscheidung. Er zog ein paar dünne Papierbögen aus seinem Schreibtisch, faltete sie sorgfältig ein-, zweimal, steckte sie in die Tasche und schlurfte aus dem Raum.

Als er zehn Minuten später zurückkehrte, stand Swoboda immer noch vor dem Schalter, drehte sein Sparbuch in der Hand herum und hielt es sich zwischendurch vor die Nase, als lese er darin.

»Ja, was ist?« rief ihm Trockenfurz zu. »Bist immer noch hier?«

»Jo, gnä Herr.«

»Was willst denn noch?«

»Wieviel möcht Ihr mir gebn?«

Trockenfurz nahm das Sparbuch, schlug es auf und warf einen Blick hinein: »Siebzehn Reichsmark!«

»Und für die dreihundertundachtzehn Sokol?« beharrte Swoboda.

»Nichts«, brüllte Trockenfurz. »Wie oft muß ich dir noch sagen, daß das Geld jetzt dem Reichsschatzamt gehört?«

Swoboda überlegte, antwortete dann ungewohnt entschlossen: »Ne, gnä Herr, ne!«

»Was, nein?«

Und Swoboda erklärte ihm, er habe sein Geld nicht dem Reichsschatzamt zur Aufbewahrung gegeben, sondern der Sparkasse. Also wolle er sein Geld zurück!

Trockenfurz hatte genug: »Es tut mir schon leid, daß dein Geld konfisziert worden ist. Aber wenn du dich beschweren willst, wendest dich lieber ans Reichsschatzamt. Ich hab zu tun.« Und er knallte ihm das Schalterfenster vor der Nase zu.

Swoboda blieb der Mund offenstehen, und dann tat er etwas, wozu ihn niemand – er sich selbst am allerwenigsten – imstande gehalten hätte. Er hämmerte wild mit der Faust ans Schalterfenster, daß die Scheibe zitterte. »Wenn Ihr mir nicht sofort mein Geld zurückgebt, gibt's ein Unglück!«

Jetzt wachten auch die anderen Bankbeamten

auf. Köpfe lugten neugierig durch die Tür des Büros nebenan.

»Siehst du«, schrie Trockenfurz mit seiner schrillen Falsettstimme. »Gib sofort Ruhe, oder ich hol die Polizei.«

In dem Moment kam der Direktor, dicke Wolken aus seiner Morgenzigarre paffend, zur Tür herein. Er war ein herzlicher, stattlicher Mann um die Fünfzig. Seine Wangen strahlten vor Gesundheit, sein borstiger Schnurrbart war kaum ergraut. Jedermann konnte feststellen, daß er gut geschlafen und gut gefrühstückt hatte und sich prächtig fühlte. Er klopfte Swoboda auf die Schulter und bedeutete Trockenfurz, den Fall ihm zu überlassen.

Er war sofort im Bilde. Zu der Zeit, als Swoboda seine ersten Ersparnisse zur Bank gebracht hatte, war der Direktor selbst noch ein junger Schalterbeamter gewesen. Die dreihundertundachtzehn Sokol waren vor seinen Augen Heller um Heller angewachsen. Der Herr Bankdirektor war ein beliebter Anekdotenerzähler, und seine Geschichten drehten sich in der Hauptsache um Swoboda. Er besaß einen unerschöpflichen Fundus an Anekdoten über den großen Einfaltspinsel und dessen Knausrigkeit. Zwar leistete er sich große dichterische Freiheiten, gewiß, aber in seinen Geschichten steckte immer ein Körnchen Wahrheit. Irgendwie mochte er den großen Lulatsch mit dem goldenen Herzen, doch er hätte nicht sagen können, wen er lieber mochte: den echten Swoboda oder den Helden seiner Geschichten. Wie auch immer, Swoboda tat ihm leid, wie so ein armer Tropf eben einem wohlgenährten Bankdirektor leid tun konnte.

»Komm herein, mein Junge«, sagte er und schob Swoboda in sein Büro. »Ich weiß, daß du Schwierigkeiten hast, glaub mir, ich kann es dir nachfühlen. Setz dich.«

Die Freundlichkeit des Direktors rührte Swoboda zu Tränen. Jedes kleinste Zeichen menschlicher Wärme brachte sein weiches Herz zum Schmelzen. Er setzte sich höflich hin, legte seine schwieligen Pranken auf die Knie und hörte dem liebenswürdigen »gnä Herrn« zu wie ein braver kleiner Junge dem Herrn Lehrer.

Der Direktor versuchte zu erklären, was geschehen war. Er sprach langsam und geduldig, wirklich wie ein Lehrer zu einem braven Schulbuben. Da dämmerte Swoboda zum ersten Mal schwach, warum man ihn ins Konzentrationslager gesteckt und ihm dann seine Ersparnisse weggenommen hatte. Die aufsteigende Wut trieb ihm das Blut ins Gehirn und beschleunigte sein Denkvermögen weit über das normale Maß. Er erinnerte sich an die kuriosen Gespräche mit Backerbs, an die Begehung des Tatorts, an das ihm vorgelesene Geständnis des Obersts und an zahlreiche andere Begebenheiten, die er sich nicht hatte erklären können. Die verschwommenen Erinnerungsfetzen setzten sich zu einem Bild zusammen, und dem armen Teufel wurde langsam klar, wozu man ihn mißbraucht hatte. Komplott – Sprengstoff – Eisenbahnbrücke wirbelten wie Gespenster aus dem Märchenbuch durch den dicken Nebel seines Gehirns.

»Das stimmt nicht!« rief er empört aus. »Sind dreckige Lügen, gnä Herr!«

Der gnädige Herr zweifelte keine Sekunde daran. »Das hättest den Deutschen sagen müssen.«

Ja, wie hätte er es den Deutschen sagen können, wo er doch keine Ahnung davon hatte, was sie von ihm wollten?

So ging es eine ganze Weile. Schließlich verlor der Direktor die Geduld und verabschiedete Swoboda mit einem Klaps auf die Schulter, ein paar freundlichen Worten und einem Sokol in die Hand.

Swoboda blieb vor der Bank stehen.

Er preßte seine Hände auf sein zentnerschweres Herz, und seine blauen Kinderaugen füllten sich mit Tränen. »Das bricht mir's Herz«, flüsterte er, »das bringt mich um.«

Die Vorübergehenden wandten sich nach ihm um, tippten sich mit dem Finger an die Stirn, lachten ihn aus. Doch Swoboda sah und hörte nichts. Er stand schluchzend mitten auf dem Bürgersteig.

»Das bricht mir's Herz«, wiederholte er immer wieder. Schließlich raffte er sich auf. Sein erster Gedanke war, alles der Wittib zu erzählen, doch auf halbem Weg zu ihr überlegte er es sich anders. Was konnte die arme Frau schon für ihn tun? Hatten die Deutschen nicht auch sie ruiniert? Sie würde bloß losheulen, und das würde auch nicht weiterhelfen. Es mußte doch eine Lösung geben! Und plötzlich hatte er's.

Er machte kehrt und lief zum Pfarrhaus. Der Pfarrer war zu Hause, und Swoboda erzählte ihm die ganze Geschichte. Der Pfarrer kannte sie bereits, denn er war häufig beim Bankdirektor zu Gast. Er zeigte sich voller Anteilnahme. »Aber wie kann ich dir helfen, mein Sohn?«

»Ihr müßt mir sagen, Herr Vater, was der Herrgott dazu sagt.«

Der Pfarrer war auf diese Frage nicht vorbereitet. Zuerst fiel ihm nichts ein. Dann flüchtete er sich in Gemeinplätze über die Kasteiung des Fleisches, über die unergründlichen Wege des Herrn und so fort. Aber Swoboda gab sich damit nicht zufrieden.

»Herr Vater«, sagte er feierlich. »Gebt mir's Kruzifix. Ich schwör beim Vater, beim Sohn und beim Heiligen Geist, daß ich die dreihundertundachtzehn Sokol Stück für Stück durch ehrliche Arbeit erworben hab. Hab nie gestohlen, nie gelogen. Bin immer a guter Mensch gwesen. Ich glaub an den Herrgott. Tu keiner Fliege was zuleid. Der Herrgott könnt einmal was für mich tun, stimmt's, Herr Vater?«

Der Pfarrer war ratlos. »Jeder von uns wird sich

im Himmel für seine Sünden verantworten müssen, mein Sohn …«

»Auch für meine dreihundertundachtzehn Sokol?«

»Für alles.«

Swoboda wollte es etwas genauer wissen. Ob bloß im Himmel, beharrte er.

Jetzt war der arme Pfarrer wirklich in Verlegenheit. »Unser Leben hienieden ist eine Folge von Prüfungen«, erklärte er ausweichend. »Wir müssen sie mit Geduld tragen.«

Gut, Swoboda war damit einverstanden, aber das half ihm immer noch nicht weiter.

»Bittschön, Herr Vater«, meinte er nach längerem Grübeln, er sei eben von weit weg zurückgekehrt. Es gäbe so viel verschiedenes Geld auf der Welt. Hier gäb's die Sokol, in Deutschland die Mark, in anderen Ländern wer weiß was für welches. »Was hier etwas wert ist, ist woanders gar nichts wert. Sagt, Herr Vater, was für Geld haben's denn im Himmel?«

»Im Himmel brauchst kein Geld, mein Sohn.«

»Da seht Ihr's!« rief Swoboda aus, zornig in die Hände klatschend. Wenn der Herrgott ihm seine dreihundertundachtzehn Sokol erst im Himmel zurückgab, was konnte er damit anfangen, was? War das vielleicht gerecht? Er habe sein Geld auf der Erde gespart, wo man es brauchen könne. Im Himmel, wo es nichts wert sei, nehme Gott es von Hitler. War das gerecht?

Der Pfarrer war ein Mann von engelhafter Geduld, doch alles hat seine Grenzen. Der arme Mann hatte genug eigene Sorgen. Die Nazis gingen hart gegen die katholische Kirche vor. In den herrschenden Zeiten mußten gläubige Christen wahre Soldaten Christi sein. Der Priester tat sein Bestes, gewiß. Doch der Kampf war für einen Zweiundsechzigjährigen kein Sonntagsspaziergang, besonders wenn man nicht mehr bei allerbester Gesundheit war. Aber er war ein guter Priester und ein ehrenwerter Mann. Wenn er versuchte, mit den Besatzern ins reine zu kommen, war er es mit seinem Gewissen nicht mehr. Kein Wunder, daß seine Gedanken sich mit anderen Dingen als mit Swobodas Sorgen beschäftigten.

»Was du erzählst, mein Sohn, ist eher Sache der Polizei als die eines Priesters«, erklärte er ihm schließlich. Was sonst gar nicht seine Art war, doch er sah keinen anderen Weg, diese unnütze Debatte zu beenden. Er hatte keine Ahnung, daß Swoboda ihn beim Wort nehmen würde.

Doch genau das tat Swoboda. Nachdem er sich vom Priester verabschiedet hatte, lief er schnurstracks zur Polizei.

Er sagte zum diensthabenden Wachmeister, er wolle Klage einreichen.

Der Gendarmeriewachtmeister war ein freundlicher dickbäuchiger Tscheche. Er kannte Swoboda seit fünfzehn Jahren. »Wo drückt der Schuh?« fragte er. »Gegen wen willst du Klage einreichen?«

»Gegen Hitler«, sagte Swoboda unerschütterlich.

Der Wachtmeister glaubte, nicht richtig gehört zu haben. »Gegen wen?« fragte er nochmals.

»Gegen Hitler!« wiederholte Swoboda. »Habt Ihr von dem noch nie gehört? Der hat mich bestohlen, der Saukerl.«

Der Wachmeister lachte, bis ihm die Tränen über die Wangen liefen. Swoboda musterte ihn mißtrauisch. Er verstand nicht, was daran so komisch war.

»Warum lacht Ihr?« fragte er vorsichtig. Er hatte gelernt, daß man Kommandiers lieber mit Samthandschuhen anfaßte.

»Tja, es ist wirklich höchste Zeit, daß jemand die Courage hat, diesen Burschen anzuklagen«, meinte der Wachtmeister schließlich.

Swoboda war von der Antwort begeistert. Er trat näher zu ihm und fragte verschwörerisch, ob auch er eine Mordswut im Bauch habe.

»Das kann man wohl sagen«, gluckste der Wachtmeister. Swoboda stimmte fröhlich in sein Gelächter ein.

»Dann bin ich ja hier richtig«, stellte Swoboda, dem Wachtmeister zuzwinkernd, fest. »Dem Burschen zeigen wir's!«

»Und wie!« meinte der Wachtmeister und stand auf. »Ich hol lieber ein paar Zeugen. Ist besser, Zeugen zu haben in einer so wichtigen Angelegenheit.«

Er ging hinaus, und gleich darauf erschallte dröhnendes Gelächter aus dem Raum nebenan. Alle anwesenden Gendarmen erklärten sich bereit, diese sozusagen historische Anklage zu bezeugen.

Mit todernstem Gesicht breitete der Wachmeister ein großes Blatt Papier auf dem Schreibtisch aus und griff nach der Feder.

»Alle Zeugen sind anwesend«, verkündete er feierlich. »Gehen wir zur Anklageerhebung über.«

Swoboda brauchte nicht ermuntert zu werden. Er zählte eifrig seine Beschwerden eine nach der anderen auf.

»Das Strafverfahren wird gleich eingeleitet«, bestätigte der Wachtmeister feierlich. »Das Gesetz wird mit aller Härte gegen die schuldige Partei ermitteln.«

Als Swoboda die Gendarmeriewache verließ, fühlte er sich viel besser. Soll ihm eine Lehre sein, prahlte er vor seiner Viuda, jetzt bekommt der Kerl, was er verdient.

Seine Viuda bezweifelte, daß dabei etwas herauskommen würde. Sie war nicht viel heller im Kopf als Swoboda, aber sie war eine Frau. Und selbst eine dumme Frau hat einen besseren Realitätssinn als ein kluger Mann. Swoboda tat ihre Zweifel als dummes Frauengeschwätz ab.

»Ich sag dir was, Marie«, erklärte er ihr hochtrabend. »Das Blöde ist, die Leute sind dumm. Sie heulen und zetern. Jammern, daß Hitler ihnen alles wegnimmt. Aber keiner tut was. Aber ich werd's denen schon zeigen, was man mit so einem wie dem Hitler machen muß …«

Swoboda setzte volles Vertrauen in den Erfolg seiner Beschwerde. Er rief zwei-, dreimal wöchentlich bei der Gendarmeriewache an, um sich nach dem Fortgang der Untersuchung zu erkundigen. Die Antwort des Wachtmeisters war ermutigend. Die Untersuchung schreite voran … Gerechtigkeit werde ihm widerfahren, bestimmt … man hoffte, ihm Ende der Woche mehr sagen zu können …

Eines Tages ereignete sich auf der Wache ein unbedeutender Zwischenfall. Ein junger Gendarm reinigte gerade sein Gewehr, als sich versehentlich ein Schuß löste und ihn am Arm verletzte. Doktor Burian trat genau in dem Moment aus der Tür, als Swoboda vorbeikam, um sich wieder einmal nach dem neuesten Stand zu erkundigen.

»Was machst du denn hier?« fragte der Arzt.

Bevor Swoboda antworten konnte, nahm einer der Gendarmen den Arzt beiseite und erzählte ihm, prustend vor Lachen, von Swobodas Anklage. Der Arzt fand die Geschichte überhaupt nicht lustig. Er legte eine Hand auf Swobodas Schulter und schob seine goldgerahmte Brille auf die Stirn.

»Du kannst nicht gegen Hitler klagen«, erklärte er ruhig. »Die Herren hier haben sich bloß einen Scherz mit dir erlaubt.«

Swoboda war fassungslos. Er konnte es einfach

nicht glauben. Er blickte den Wachtmeister flehentlich aus seinen blauen Kinderaugen an. Und der Wachtmeister mußte zugeben, daß Doktor Burian die Wahrheit sagte.

Swobodas Gesicht verzerrte sich schmerzlich. »Kann nicht klagen?« rief er bestürzt aus. »Der raubt, mordet, rafft, was er kriegen kann, und niemand darf gegen ihn klagen?«

Eine Welt brach für ihn zusammen. Er verfiel in Trübsinn und hatte kaum noch Lust, mit jemandem zu sprechen. Er schlich durch die Straßen, mürrisch und mißtrauisch, und brabbelte wirr vor sich hin. Er mied tagelang den Bahnhof. Wenn man ihm Arbeit anbot, erschien er zu spät, verrichtete sie schlampig und hinterließ meistens ein heilloses Durcheinander. Bis er nach einer Weile überhaupt nichts mehr tat.

»Wozu auch?« meinte er düster.

Er hob die siebzehn Reichsmark von seinem Sparbuch ab. Als der Direktor ihn fragte, wofür, antwortete er grob: »Zum Teufel damit. Ich hau's auf den Kopf!«

Vor seinem Mißgeschick hatte ihn niemand je fluchen hören. Jetzt fluchte er ständig über diesen verdammten »Jidergott von diesem Saukerl Hitler«. Er hatte im Konzentrationslager gelernt, den Gott der Juden zu verfluchen, und seit er Hitler haßte, verdammte er eben dessen Judengott.

Er rasierte sich nicht mehr. Sein buschiger roter Bart überwucherte sein Gesicht. Seine kinderblauen

Augen blickten wie erschrockene Babys durch die Flammen.

Manchmal verbrachte er jede Nacht bei seiner Viuda. Dann verschwand er wieder tagelang, und die gute Frau hatte keine Ahnung, wo er steckte. Eines Nachts trafen ihn Holzfäller im Wald, wie er gerade lautstark gegen unsichtbare Feinde wetterte und dabei die Arme schwenkte wie ein tollwütiger Bär.

Am Stadtrand lag ein kleines Wäldchen. Dorthin ging Doktor Burian manchmal in seinen wenigen freien Momenten, um zwischen den Tannen ein bißchen frische Luft zu schnappen. Eines Morgens stieß er auf Swoboda, der mitten auf einer Lichtung lag und in den Himmel starrte. »Was machst du denn hier, Swoboda?« fragte er ihn.

Swobodas Blick war seltsam wirr. »Denk nach«, antwortete er mit Grabesstimme.

»Worüber denkst du nach?«

»Über die Welt.«

»Und was denkst du darüber?«

»Daß sie müßt geflickt werden ....«

»Da hast du zweifellos recht. Doch wie sollen wir das anfangen?«

Swoboda warf dem Arzt einen verächtlichen Blick zu. »No, darüber denk ich grad nach«, antwortete er düster. Und damit war das Gespräch beendet.

14. Kapitel
Niiiemals!

Eines Tages fluchte Swoboda wieder einmal laut am Bahnhof über »Hitlers Jidergott« herum. Der pomadisierte Eilgutbeamte warnte ihn scherzend. »Hör auf zu fluchen und paß lieber auf. Hitler kommt demnächst vorbei, diesmal erwischst ihn vielleicht.«

Swoboda starrte ihn an. »Hitler kommt hier vorbei?«

Der Bursche zwinkerte seinen zwei Kollegen zu: »Stimmt doch, oder?«

»Stimmt«, versicherten die beiden.

Swoboda musterte sie mißtrauisch. »Steigt er hier aus?«

»In Prag«, erklärte ihm der Eilgutbeamte. »Morgen abend fährt sein Sonderzug hier vorbei.«

»Wieviel Uhr?« fragte Swoboda.

Die drei Burschen konnten das Lachen kaum unterdrücken. »Ein Uhr morgens«, sagte der Duftende.

Swoboda ließ sie wortlos stehen. Seine Peiniger glaubten schon, ihr Streich sei danebengegangen.

Die nach dem deutschen Einmarsch eingestellten Gleisarbeiten waren kürzlich wiederaufgenommen worden. Wahrscheinlich hatte einer der Arbeiter eine kleine Menge Dynamit in der Nähe der Eisenbahnbrücke vergessen. Um Punkt ein Uhr am darauffolgenden Morgen explodierte die Ladung.

Die Sprengstoffmenge war zum Glück so gering, daß kein größerer Schaden entstand – abgesehen von einem leichten Riß in einem der Brückenpfeiler. Der Unfall war wahrscheinlich von einem stiebenden Funken verursacht worden oder von einer glühenden Zigarettenkippe, die aus einem Fenster des vorbeifahrenden Berlin-Prag-Expresses geworfen wurde. Der Vorarbeiter wurde verwarnt, und damit hatte es sich.

In Wirklichkeit war diese Explosion ein versuchtes Attentat gegen Hitler.

Am folgenden Morgen erschien Swoboda im Eilgutbüro und bebte vor Wut. »Warum habt ihr gelogen?« brüllte er den Schalterbeamten an. »Hitler ist gar nicht kommen!«

Das ganze Büro brach in schallendes Gelächter aus. Seit Swoboda aus dem Konzentrationslager zurückgekommen war, hatte man ihn ständig wegen seines angeblichen Sprengstoffattentats aufgezogen.

»Hast wieder versucht, Hitler in die Luft zu jagen?« fragte der Eilgutbeamte ahnungslos.

»Natürlich hat er's noch mal versucht«, sagte der Telegraphenbeamte. »Wer sonst soll denn die Explosion letzte Nacht geplant haben?« Und streng an Swoboda gewandt: »Streitest du es ab?«

»Nix streit ich ab!« brüllte Swoboda ihn an.

»Du gibst also zu, daß du ein zweites Attentat versucht hast?«

»Natürlich. Warum nicht?«

Die drei waren überzeugt, daß Swoboda scherzte, während Swoboda fest überzeugt war, daß ihnen ernst war. Für ihn war es absolut logisch, daß man ihn nicht verhaftete: »Wenn's mich einsperren, als ich nix geplant hab, warum sollen's mich dann noch mal einsperren, wenn ich wirklich was geplant hab?«

Als er zwei Wochen nach dem mißglückten Attentat am Haus der Viuda vorbeiging, sah Doktor Burian Swoboda und einen anderen Mann im Hof auf dem Bauch liegen und im Licht einer Petroleumlampe eine Zeichnung studieren. Der Fremde war ein etwa fünfundvierzig Jahre alter Mann, offenbar ein Bauer aus der Umgebung. Er erklärte Swoboda etwas, der ihm angestrengt zuhörte. Der Arzt sah im gelben Licht ein besessenes Leuchten in Swobodas Augen, und er sagte sich, daß der arme Teufel nun tatsächlich übergeschnappt war.

Es war eine schwüle, sternenlose Nacht. Ein Gewitter zog auf. Die Luft war elektrisch geladen. In einer spontanen Regung klopfte der Arzt an die Tür.

Swoboda blickte kurz auf, konnte ihn aber in der Dunkelheit nicht erkennen.

»Marie!« rief er die Wittib herbei und beugte sich wieder über die Zeichnung.

Die Frau bat Doktor Burian herein und flatterte in den Hof, um Swoboda den hohen Besuch anzukündigen. Swoboda stand schwerfällig auf und begrüßte den Arzt beiläufig. Die Wittib zog sich ins Haus zurück, wie es sich für eine Frau schickt, und ließ die Männer allein. Keiner sagte ein Wort.

»Sieht aus, als ob's regnen wird«, sagte der Fremde schließlich.

Die Petroleumlampe stand immer noch im Gras und beleuchtete die Zeichnung.

»Was ist das?« fragte der Arzt.

»Ein Plan«, brummte Swoboda trotzig.

»Was für ein Plan?«

Swoboda schwieg, aber dann sagte sein Kamerad: »No-jo, ich war im Krieg bei den Pionieren gewesen und erklär gerad meinem Freund hier, wie wir Brücken in die Luft gesprengt haben, wenn der Feind hinter uns her war … Er wollt wissen, wie man so was macht«, fügte er hinzu.

So, so! Die Katz war aus dem Sack!

Swoboda plante offenbar einen weiteren Sprengstoffanschlag. Als der ehemalige Pionier gegangen war, sagte Doktor Burian es ihm auf den Kopf zu. Swoboda versuchte gar nicht erst, es zu leugnen. »So wahr ich leb, ich werd den Saukerl in die

Luft jagen!« Die Ader auf seiner Stirn schwoll an. Er nahm die Zeichnung des Pioniers und hielt die Lampe darüber. »Diesmal weiß ich's, wie!«

»Willst dich wohl in Schwierigkeiten bringen?« sagte der Arzt. »Die sperren dich doch wieder ein.«

Swoboda winkte ab. »Mich nicht.«

»Und warum nicht?«

»War doch schon im KZ. Kannst ja nicht zweimal für's gleiche bestraft werden. Egal, die Brück gehört mir.«

»Dir?«

»No-jo, hab dreihundertundachtzehn Sokol dafür bezahlt. Mit der Brück mach ich, was ich will.«

Swoboda trat näher, damit die Wittib ihn nicht hörte. »Wenn die Polizei nicht hilft und der Herrgott nicht hilft, no, dann helf ich mir selber«, sagte er düster. Seine Augen leuchteten unheimlich.

»Hör auf zu spinnen, Swoboda«, sagte der Arzt. »Du hast bloß dreihundertundachtzehn Sokol verloren. Denk daran, was andere verloren haben! Hunderttausende ihr Leben, Millionen die Freiheit, die ganze Welt den Frieden.«

Das sei nicht das gleiche, sagte Swoboda verächtlich, nein, das sei nicht das gleiche.

»Was meinst du damit?«

»Weil die ganze Welt nicht mir gehört, aber die dreihundertundachtzehn Sokol gehören mir! Und wenn die ganze Welt so dumm ist und den Saukerl machen läßt, dann ist's das Problem der ganzen Welt … nicht meins. Ich laß mir's nicht gefallen! Ich nicht!« Und er schwenkte seine dicken schwieligen Finger vor der Nase des Arztes. »Mit Swoboda nicht! Niemals!«

»Niiiemals«, brüllte er, hochrot im Gesicht. »Niiiemals! Niiiemals!«

Er wollte noch etwas hinzufügen, doch er verstummte, denn in dem Moment trat seine Viuda aus dem Haus. Er warf dem Arzt einen Blick zu und legte den Finger auf den Mund.

Dann sagte er laut: »Heut nacht regnet's, glaub ich.«

Inhalt

1. KAPITEL	*Ein glücklicher Mensch*	7
2. KAPITEL	*Die kleine Stadt*	18
3. KAPITEL	*Der fünfzehnte März*	23
4. KAPITEL	*Der Oberst*	31
5. KAPITEL	*Ein schurkischer Plan*	40
6. KAPITEL	*Der verläßliche Attentäter*	62
7. KAPITEL	*Kommerzialrat Vesely*	70
8. KAPITEL	*Swoboda verspürt Zugluft*	87
9. KAPITEL	*Bevor die Sonne untergeht*	101
10. KAPITEL	*»Erledigt!«*	115
11. KAPITEL	*Backerbs verläßt die Stadt*	123
12. KAPITEL	*»Heil Hitler!«*	138
13. KAPITEL	*Dreihundertundachtzehn Sokol*	149
14. KAPITEL	*Niiiemals!*	164

Einer der großen Erzähler des 20. Jahrhunderts

Einer der berühmtesten Romane Romain Garys in neuer Übersetzung. Die Lebensgeschichte seiner Mutter, der russisch-jüdischen Schauspielerin Nina Kacew, die sich und ihrem Sohn auf geniale Weise immer wieder eine neue Existenz erfand, wird hier zu seiner eigenen: denn um der Liebe seiner Mutter zu genügen, machte er all das wahr, was sie ihm tollkühn prophezeite.

Roman
Aus dem Französischen
von Giò Waeckerlin Induni
ca. 384 Seiten, € 22,80
ISBN 978-3-86555-049-1

Der berühmteste Roman von Romain Gary, einem der schillerndsten Literaturstars und Bestsellerautoren des 20. Jahrhunderts, in neuer Übersetzung.

„... ein Saft- und Kraftkerl der Literatur, aber auch ein Autor, bei dem Schmerz und Moral untrennbar zum Schreiben gehörten."

Katharina Döbler, Deutschlandradio Kultur